»Sie erweitert die Wirklichkeit um jenen Bereich, der uns sonst nur in Träumen begegnet«, sagte Alfred Hitchcock über die große Erzählerin Daphne Du Maurier und beschrieb damit jene unverwechselbare Methode der Autorin, die Alltagswirklichkeit für das Unheimliche und Mysteriöse transparent zu machen. Eine Virtuosin ist die Du Maurier vollends dann, wenn es um die subtile Entfaltung des sanften Schreckens geht – wie in der Geschichte vom Apfelbaum.

Drei Monate nach dem Tod seiner Frau beginnt ein Mann einen alten abgestorbenen Apfelbaum, der längst hätte gefällt werden sollen, in seinem Garten wahrzunehmen. Der Baum scheint sich buchstäblich in seine Aufmerksamkeit einzudrängen; wie er, auf einmal irgendwie auffällig, da steht, hat er etwas Vorwurfsvolles. Zunächst schenkt der Mann dem wenig Beachtung, er ist hinreichend damit beschäftigt, sein befreites Leben, seinen Wohlstand und angenehmen Müßiggang zu genießen, nun, nachdem seine Frau ihm nicht mehr mit ihrem verbissenen Hausfraueneifer und ihrer ständig leicht vorwurfsvollen Gereiztheit auf die Nerven geht. Doch dann beginnt eben dieser verhexte Apfelbaum, ihn zu schikanieren und sich in ein perfekt-perfides Instrument der Verfolgung zu verwandeln…

Daphne Du Maurier, die große alte Dame der englischen Literatur, wurde 1907 als Tochter eines bekannten Schauspielers in London geboren. Sie stammt aus einer alten französischen Familie, die während der Französischen Revolution nach England emigrierte. Ihre Jugend verbrachte sie in London und Paris. 1928 begann sie ihre schriftstellerische Tätigkeit mit Kurzgeschichten und Zeitungsartikeln, 1931 veröffentlichte sie ihren ersten Roman. Es waren vor allem die Werke von Maupassant, Jane Austen und Robert Louis Stevenson, die ihre literarische Entwicklung beeinflußten.
In der Folge publizierte sie zahlreiche historische Biographien, Novellen und Romane, die, in viele Sprachen übersetzt, weltweite Verbreitung gefunden haben und zum Teil auch verfilmt wurden. Weltruhm erlangte sie insbesondere mit ihren Romanen ›Rebecca‹ (1938), verfilmt mit Laurence Olivier, und ›Meine Cousine Rachel‹ (1951).
Für ihre Verdienste als Schriftstellerin verlieh ihr die englische Königin 1969 den Titel *Dame*. Heute lebt Daphne Du Maurier auf dem Familiensitz Menabilly in Cornwall.

Daphne Du Maurier

Der Apfelbaum

Erzählung

Fischer
Taschenbuch
Verlag

Veröffentlicht im Fischer Taschenbuch Verlag GmbH,
Frankfurt am Main, Mai 1988

Lizenzausgabe mit freundlicher Genehmigung
des Scherz Verlags, Bern und München
Die englische Originalausgabe erschien 1930
unter dem Titel ›The Appletree‹ bei Victor Gollancz, London

Die deutsche Erstausgabe erschien 1933
bei Fretz & Wasmuth, Zürich
Umschlaggestaltung: Hans-Georg Pospischil
und Alfons Holtgreve
Satz: Fotosatz Otto Gutfreund, Darmstadt
Druck und Bindung: Clausen & Bosse, Leck
Printed in Germany
ISBN 3-596-29307-3

Der Apfelbaum

Es waren drei Monate seit ihrem Tod verstrichen, da fiel ihm der Apfelbaum zum ersten Mal auf. Er hatte ihn natürlich schon immer gekannt, stand er doch zusammen mit den anderen vor dem Haus auf dem Rasen, der sich sanft ansteigend bis an das angrenzende Feld erstreckte. Dennoch hatte er an diesem Baum, der ja nicht anders war als die übrigen, nichts weiter bemerkt, als daß er der dritte von links war und, ein wenig abseits stehend, sich stärker an die Terrasse lehnte.

Es war an einem schönen, klaren Morgen zu Beginn des Frühjahrs, und er rasierte sich bei offenem Fenster. Als er sich, den Seifenschaum noch im Gesicht, den Rasierapparat in der Hand, aus dem Fenster lehnte, um die frische Luft einzusaugen, fiel sein Blick auf den Apfelbaum. Wahrscheinlich lag es an der Beleuchtung, vielleicht waren die Strahlen der Sonne, die über den Wäldern aufstieg, zufällig gerade in diesem Augenblick auf den Baum

gefallen; jedenfalls war die Ähnlichkeit unverkennbar.
Er legte den Rasierapparat auf das Fenstersims und starrte hinaus. Der Baum war dürr, schief gewachsen und bedauernswert kümmerlich. Von der knorrigen Gesundheit der anderen Bäume war an ihm nichts zu bemerken, und die wenigen Äste, die wie schmale Schultern bei einem großen Menschen hoch am Stamm ansetzten, breiteten sich aus in märtyrerhafter Ergebenheit, als ob es sie in der frischen Morgenluft fröstelte.
Das Drahtgeflecht, das den Stamm bis zur halben Höhe umgab, schlotterte wie ein ärmlicher, grauer Rock um magere Glieder. Der oberste Zweig reckte sich über alle anderen in die Luft, war aber dennoch ein wenig geneigt, so daß er wie ein vornübergebeugter Kopf wirkte.
Wie oft hatte er Midge so niedergeschlagen stehen sehen! Wo immer es gewesen war, ob im Garten oder im Haus, ja selbst während des Einkaufens in der Stadt, immer wieder hatte sie den Kopf so Mitleid heischend zur Seite geneigt, als wolle sie allen kundtun, das Leben

habe ihr schwer mitgespielt; sie vor allen anderen sei ausersehen, an einer besonders schweren Last zu tragen, die sie klaglos bis zum Ende schleppen würde.

»Midge, du siehst so abgearbeitet aus, um Himmels willen, setz dich doch und ruh dich ein wenig aus!« – Diese Worte hatte sie immer nur mit dem unvermeidlichen Achselzucken und dem unvermeidlichen Seufzen beantwortet: »Jemand muß die Arbeit schließlich machen.« Daraufhin pflegte sie sich wieder an das öde Einerlei all der unnützen Arbeiten zu begeben, die tagaus, tagein, das liebe lange Jahr hindurch zu verrichten sie sich auferlegt hatte.

Er starrte noch immer auf den Apfelbaum. Die gebeugte Haltung, der geneigte Wipfel, die müden Zweige, die wenigen verdorrten Blätter, die der Wind und der Regen des vergangenen Winters nicht hatten von den Zweigen lösen können und die jetzt wie Haarbüschel im Frühlingswind flatterten, all das klagte den Besitzer des Gartens, der darauf hinabschaute, stumm an: »Deinetwegen bin ich so! Weil du mich vernachlässigt hast!« Er wandte sich vom Fenster ab und fuhr fort, sich zu rasieren.

Er durfte diesen Gedanken keinen Raum geben, durfte sich nicht diesen Phantasiebildern überlassen, jetzt, da er endlich begann, sich frei zu fühlen. Er badete, zog sich an und ging hinunter, um zu frühstücken. Eier und Speck erwarteten ihn auf der Wärmeplatte; er stellte sie vor seinen einsamen Platz, der für ihn am Eßtisch gedeckt war. Die sauber gefaltete letzte Nummer der *Times* lag zu seiner Rechten.

Als Midge noch lebte, hatte er sie ihr aus langer Gewohnheit immer zuerst gereicht. Wenn sie ihm die Zeitung nach dem Frühstück zurückgab und er sie mit ins Arbeitszimmer nahm, war sie unordentlich zusammengefaltet, und die Blätter lagen in falscher Reihenfolge, so daß ihm die Lust zu lesen schon fast vergangen war. Nicht einmal die Meldungen selbst waren ihm neu; denn Midge hatte die Angewohnheit, die wichtigsten Nachrichten laut vorzulesen und abfällige Bemerkungen über das Gelesene zu machen, um ihre Verachtung zu zeigen.

Las sie zum Beispiel, daß gemeinsame Freunde eine Tochter bekommen hatten, so schluckte sie zuerst, ruckte dann ein wenig mit dem Kopf und sagte schließlich: »Die Armen, wieder ein Mädchen!« oder wenn es ein Junge war: »Es wird nicht leicht sein, heutzutage einen Jungen zu erziehen.« Er dachte, diese Bemerkungen hätten ihre psychologischen Gründe; denn sie selbst hatten keine Kinder, und er glaubte, sie mißgönne anderen dies Glück. Aber später machte sie bei jeder guten, freudigen Nachricht diese Bemerkungen, als sei jeder Freude ein Gift beigemischt.

»Es sollen in diesem Jahr viel mehr Menschen verreist sein als in den vergangenen. Hoffentlich haben sie sich auch gut erholt. Mehr kann man nicht wünschen.« Es lag aber keine rechte Freude in diesen Worten, sie klangen eher verächtlich.

Nach dem Frühstück pflegte sie den Stuhl zurückzuschieben, »ach, ja...« zu sagen und den Satz nicht zu beenden. Aber das Aufseufzen, das Achselzucken, die Wölbung ihres langen, schmalen Rückens, während sie das Geschirr forträumte – um dem Hausmädchen die Arbeit abzunehmen –, all das war ein ständiger

Vorwurf gegen ihn, der ihnen das Dasein seit langen Jahren verbittert hatte.

Wortlos, immer zuvorkommend, pflegte er ihr die Tür zu öffnen. Sie ging an ihm vorüber, gebeugt unter der Last des schwerbeladenen Tabletts, das sie gar nicht hätte abzutragen brauchen. Bald darauf hörte er durch die halbgeöffnete Tür in der Anrichte auch schon den Wasserhahn laufen. Dann setzte er sich noch einmal an den Tisch. Die *Times* lag vor ihm, neben dem Toastständer. Sie war zerknittert und mit Marmelade beschmiert. Wieder, in ewiger Gleichförmigkeit, hämmerte die Frage auf ihn ein: »Was habe ich getan?«

Nicht, daß sie gekeift hätte. Keifende Frauen gehörten genauso wie die bösen Schwiegermütter zu den abgedroschenen Witzen in den Kabaretts. Er konnte sich nicht erinnern, Midge jemals aus der Haut fahren oder streitsüchtig gesehen zu haben. Es war nur dieser ständige halbverhohlene Vorwurf gegen ihn zusammen mit ihrer Duldermiene, die die Atmosphäre seines Hauses vergifteten und ihm ein heimliches Schuldgefühl eingaben.

Einmal, als es regnete, wollte er sich in sein

Arbeitszimmer zurückziehen. Der Heizofen glühte, das Zimmer füllte sich mit dem Rauch der ersten Pfeife nach dem Frühstück. Er setzte sich an den Schreibtisch, um, wie er Midge gesagt hatte, Briefe zu schreiben. Das war jedoch nur ein Vorwand gewesen; er wollte die Behaglichkeit und Sicherheit seiner vier Wände genießen, die nur ihm allein gehörten. Da öffnete sich plötzlich die Tür, Midge trat herein, den breitrandigen Filzhut tief in die Stirn gedrückt, rümpfte die Nase, zwängte sich in den Regenmantel und sagte: »Huh, was für eine stickige Luft!« Er antwortete nicht, sondern rutschte auf seinem Sessel hin und her und verdeckte mit dem Arm den Roman, den er aus Langeweile vom Bücherbord genommen hatte.

»Fährst du nicht in die Stadt?« fragte sie ihn.

»Ich hatte nicht die Absicht.«

»Ach! Nun, es macht nichts.« Sie drehte sich um, um hinauszugehen.

»Warum, möchtest du etwas besorgt haben?«

»Ach, nur den Fisch zum Lunch morgen.

Denn Mittwoch gibt es keinen Fisch. Ich kann ihn aber auch selbst holen, wenn du beschäftigt bist. Ich dachte nur...« Und draußen war sie, ohne den Satz zu beenden.

»Gut, Midge«, rief er ihr nach. »Ich werde den Wagen nehmen und ihn sofort holen. Es hat keinen Sinn, sich so durchnässen zu lassen.«

Da er glaubte, sie habe ihn nicht gehört, ging er ihr nach in die Halle. Sie stand in der offenen Haustür, der feine Regen sprühte auf sie hernieder. Sie trug einen langen, flachen Korb am Arm und zog gerade ein Paar alte Handschuhe an, um im Garten zu arbeiten.

»Ich werde sowieso naß«, sagte sie, »es macht also nichts. Schau, die Blumen dort müssen hochgebunden werden. Wenn ich fertig bin, werde ich den Fisch holen.«

Seine Einwände wären zwecklos gewesen. Sie hatte es sich nun einmal in den Kopf gesetzt. Er schloß die Tür hinter ihr und ging wieder ins Arbeitszimmer. Irgendwie war jede Behaglichkeit verflogen. Er schaute aus dem Fenster; sie hastete mit nachlässig zugeknöpftem Regenmantel, vor Nässe triefendem Hut und dem mit halbverwelkten Astern gefüllten Gartenkorb vorüber. Sein Gewissen ließ ihm keine Ruhe, und er stellte den elektrischen Heizofen kleiner.

Ein anderes Mal war es Frühling gewesen, fast schon Sommer. Er schlenderte ohne Kopfbedeckung durch den Garten, die Hände in den Taschen vergraben. Er hatte nichts anderes im Sinn, als sich die Sonne auf den Rücken scheinen zu lassen, die Wälder und Felder und den sich schlängelnden Bach zu betrachten. Er hörte von oben das Geräusch des auf vollen Touren laufenden Staubsaugers, doch plötzlich brach es ab. Er stand auf der Terrasse, und Midge rief zu ihm hinunter: »Hast du etwas Bestimmtes vor?«

Nein. Der Geruch des Frühlings, des beginnenden Sommers hatte ihn in den Garten getrieben. Jetzt, da er nicht mehr in der Stadt arbeitete, sondern von seinem Vermögen lebte, hatte er das köstliche Gefühl, daß die Zeit keine Rolle mehr spielte und er sie vertun konnte, wie es ihm beliebte.

»Nein«, sagte er. »Es ist so ein herrlicher Tag. Warum?«

»Ach, nichts«, antwortete sie. »Das Abflußrohr unter dem Küchenfenster ist nur wieder kaputt. Es ist völlig verstopft, kein Tropfen Wasser geht mehr hindurch. Das kommt daher, weil niemand sich darum kümmert. Ich muß heute nachmittag selbst einmal nach dem Rechten sehen.«

Ihr Gesicht verschwand. Sogleich hörte er, wie der Staubsauger wieder anlief. Wie dumm, daß eine solche Unterbrechung einem den ganzen schönen Tag verleiden konnte. Nicht ihre Bitte, nicht die Arbeit war es, die ihn verstimmte (denn bei der Säuberung des Abflußrohres kam er sich vor wie ein Schulbub, der im Schlamm spielt), sondern ihr bleiches Gesicht, mit dem sie auf die sonnenüberflutete Terrasse hinunterblickte, die Handbewegung, mit der sie sich einige Haare aus der Stirn strich, der unvermeidliche Seufzer, ehe sie sich wieder ihrer Arbeit zuwandte, das unausgesprochene »ich wollte, ich hätte einmal soviel Zeit, um auch so in der Sonne stehen zu können. Ach, ja...«

Einmal hatte er es gewagt, sie zu fragen, warum denn der ewige Hausputz notwendig sei.

Wozu das unablässige Ausräumen aller Zimmer! Wozu mußten alle Stühle aufeinandergestellt, Teppiche aufgerollt und alle umherstehenden Kleinigkeiten zusammen auf große Bogen Zeitungspapier gestellt werden! Warum mußte vor allen Dingen neben dem Läufer auf dem oberen Korridor, wo sowieso niemand hintrat, so umständlich mit der Hand gebohnert werden; warum Midge und die Putzfrau abwechselnd auf den Knien den ganzen Korridor entlangrutschen wie Sklaven in längst vergangener Zeit?

Midge hatte ihn nur verständnislos angestarrt.

»Du wärest der erste, der sich beklagte«, sagte sie, »wenn das Haus wie ein Schweinestall aussähe. Du willst es doch gemütlich haben.«

Sie lebten in verschiedenen Welten, aneinander vorbei. War das immer so gewesen? Er wußte es nicht. Sie hatten vor fünfundzwanzig Jahren geheiratet und lebten seitdem aus lauter Gewohnheit zusammen unter einem Dach.

Als er noch ins Geschäft ging, schien es anders

gewesen zu sein. Er hatte jedenfalls nicht soviel davon bemerkt. Er kam nach Hause, aß, schlief und fuhr mit dem Frühzug wieder fort. Doch als er seinen Beruf aufgab, trat sie plötzlich mit Macht in sein Bewußtsein, und von Tag zu Tag spürte er ihren Groll, ihre Mißbilligung deutlicher.

Im letzten Jahr vor ihrem Tode schließlich hatte er alles Zureden aufgegeben. Er hatte seine Zuflucht zu kleinen Ausreden genommen, um fortgehen zu können. Er sagte, er müsse nach London, um sich die Haare schneiden zu lassen, müsse zum Zahnarzt oder sei von einem alten Geschäftsfreund zum Essen eingeladen worden, und aß in Wirklichkeit in seinem Klub am Fenster, ganz allein, aber in Frieden.

Die Krankheit, die sie ihm so plötzlich von der Seite riß, war Gott sei Dank nicht langwierig gewesen. Sie hatte eine Grippe, der eine Lungenentzündung folgte. Nach einer Woche war sie tot. Er wußte kaum, wie es geschah. Sie war, wie gewöhnlich, übermüdet, hatte sich erkältet und wollte nicht ins Bett. Eines Abends, als er mit dem Spätzug aus London nach Hause kam, wo er im Kino gewesen war und sich an diesem kalten Dezembertag mitten unter den Menschen recht wohl gefühlt hatte, fand er sie im Keller über den Heizungsofen gebeugt. Sie stocherte darin herum und zerstieß die halb ausgebrannten Koksstücke.

Sie schaute mit verhärmtem und vor Ermüdung bleichem Gesicht zu ihm auf.

»Was, um Gottes willen, machst du denn da, Midge?« rief er.

»Es ist der Ofen«, sagte sie, »den ganzen Tag haben wir uns schon mit ihm herumgeärgert. Er will nicht brennen. Wir müssen morgen unbedingt jemanden kommen lassen, der nachsieht, was daran nicht in Ordnung ist. Ich kann es wirklich nicht allein machen.« Ihre Wange war rauchgeschwärzt. Sie ließ den schweren Schürhaken auf den Kellerboden fallen, begann zu husten und zuckte vor Schmerzen zusammen.

»Du gehörst ins Bett«, sagte er. »Solcher Unsinn! Zum Teufel, laß doch den Ofen Ofen sein!«

»Ich dachte, du kämst zeitig nach Hause«,

sagte sie, »und hättest dann Feuer machen können. Es ist den ganzen Tag so bitter kalt gewesen, es ist mir unbegreiflich, wie du dich in London herumtreiben konntest.« Sie stieg mit gebeugtem Rücken langsam die Kellertreppe hinauf, und als sie oben war, blieb sie stehen und begann mit halbgeschlossenen Augen zu zittern. »Wenn es dir nicht gar zu unangenehm ist«, sagte sie, »so mache ich dir jetzt gleich dein Abendessen, dann bin ich fertig. Ich selbst möchte nichts essen.«

»Zum Teufel mit dem Abendbrot«, sagte er. »Ich werde schon etwas finden. Geh du nur hinauf ins Bett. Ich werde dir etwas Heißes zu trinken bringen.«

»Ich sage dir doch, ich möchte nichts essen«, sagte sie. »Meine Wärmflasche kann ich auch selbst füllen. Ich möchte dich nur um eines bitten. Vergiß nicht nachzuschauen, ob auch nirgends mehr Licht brennt, wenn du nach oben kommst.« Sie ging mit hängenden Schultern in die Halle.

»Soll ich dir nicht doch ein Glas heiße Milch bringen?« fragte er unsicher von neuem, während er den Mantel auszog. Dabei fiel ihm die

Kinokarte aus der Tasche auf den Fußboden. Sie sah es, sagte aber kein Wort. Sie begann wieder zu husten und schleppte sich die Treppe hinauf.

Am nächsten Morgen hatte sie vierzig Fieber. Der Arzt kam und stellte eine Lungenentzündung fest. Sie fragte, ob es nicht besser sei, sie käme ins Krankenhaus; eine Pflegeschwester ins Haus zu nehmen, bedeute zuviel Arbeit. Das war am Dienstag morgen. Sie kam ins Krankenhaus, und am Freitag morgen wurde ihm gesagt, sie werde die Nacht wahrscheinlich nicht überleben. Er ging, nachdem man ihm das mitgeteilt hatte, zu ihr hinein. Er sah sie im unpersönlichen Krankenhausbett liegen, und sein Herz zog sich vor Mitleid zusammen, denn er fand, man habe ihr zu viele Kissen gegeben, und der Kopfteil des Bettes sei zu hoch gestellt, so daß sie sicherlich keine Ruhe finden konnte.

Er hatte ihr Blumen mitgebracht, fand es jedoch nicht richtig, sie der Schwester zu geben, damit diese sie in eine Vase stelle; denn Midge war zu krank, um auch nur einen Blick darauf zu werfen. In einem Anflug von Zartgefühl

legte er sie auf den Tisch hinter dem Wandschirm, als die Schwester sich über sie beugte.
»Braucht sie vielleicht irgend etwas?« fragte er. »Ich meine, ich könnte sehr gut...« Er brachte den Satz nicht zu Ende, er ließ ihn in der Luft schweben und hoffte, die Schwester verstehe, was er meinte, daß er nämlich mit dem Wagen irgendwohin fahren könne, um irgend etwas zu holen, falls vielleicht doch etwas gebraucht werde.
Die Schwester schüttelte den Kopf. »Wir werden Sie anrufen«, sagte sie, »falls eine Veränderung eintreten sollte.« Was für eine Veränderung denn, fragte er sich, als er draußen vor dem Krankenhaus stand. Das weiße, abgehärmte Gesicht auf den Kissen würde sich nicht mehr verändern, es gehörte niemandem mehr. Midge starb am Sonnabend in den frühen Morgenstunden.
Er war nicht religiös und glaubte nicht recht an die Unsterblichkeit, doch als das Begräbnis vorüber war, quälte ihn der Gedanke, daß ihr armer Körper nun ganz allein im Sarg mit den Messinggriffen liegen sollte. Es schien ihm ge-

fühllos, das zuzulassen. Der Tod müßte ganz anders sein. Er stellte sich vor, er müsse wie ein Abschiednehmen vor einer langen Reise sein, allerdings völlig schmerzlos. Es lag etwas Unanständiges in dieser Übereilung, mit der man einen Menschen unter die Erde brachte, der nur durch bösen Zufall kein atmendes, lebendes Geschöpf mehr war. Als sie den Sarg in das offene Grab hinunterließen, stellte er sich in seiner Betrübnis vor, Midge sagte »Ach, ja...«

Er hoffte inständig, die arme Midge möge trotz allem in Zukunft in einem unsichtbaren Paradies leben und – ohne zu bemerken, was mit ihrer leiblichen Hülle geschah – irgendwie durch grüne Täler wandern. Aber mit wem? fragte er sich. Ihre Eltern waren schon vor vielen Jahren in Indien gestorben, und selbst wenn Midge sie am Himmelstor träfe, wäre nicht mehr viel Gemeinsames da, was sie miteinander verbände.

Plötzlich stellte er sich vor, wie sie vor dem Himmelstor Schlange stand, ziemlich am Ende, wie es meistens ihr Schicksal gewesen war. Sie trug die große Einkaufstasche aus geflochtenem Stroh, die sie überallhin mitzunehmen pflegte, und wartete mit dem geduldigen Märtyrerblick. Als sie durch das Drehkreuz ins Paradies trat, schaute sie vorwurfsvoll zu ihm hinunter.

Diese beiden Bilder, das vom Sarg und von der Schlange, beunruhigten ihn etwa eine Woche lang und verblaßten von Tag zu Tag ein wenig mehr.

Dann vergaß er sie. Er war frei! Er freute sich des sonnigen, leeren Hauses, des strahlenden, frostklaren Wetters. Niemand schrieb ihm vor, wie er sich seinen Tag einzuteilen hatte. Er dachte nicht mehr an Midge, bis eben an diesem Morgen sein Blick auf den Apfelbaum fiel.

Später, am selben Tag, schlenderte er durch den Garten, und die Neugier zog ihn zum Apfelbaum. Es war doch nur eine dumme Einbildung gewesen. Am Baum war nichts Auffälliges – ein Apfelbaum wie jeder andere. Plötzlich erinnerte er sich daran, daß der Baum von jeher schwächer als alle anderen gewesen war – er war in der Tat nicht halb so stark wie die übrigen Bäume – und daß einmal davon die

Rede gewesen war, ihn zu fällen. Aber es war nichts daraus geworden. Jetzt wäre es eine nette Wochenendbeschäftigung für ihn. Außerdem roch Apfelholz besonders gut, wenn es brannte. Es würde ein Genuß werden, wenn es erst im Kamin knisterte.

Unglücklicherweise regnete es nach diesem Tag fast eine Woche ununterbochen, so daß er die Arbeit, die er sich vorgenommen hatte, nicht ausführen konnte. Er hatte keine Lust, bei diesem Wetter draußen zu sein und sich womöglich zu erkälten. Er sah den Baum von seinem Schlafzimmerfenster aus immer noch. Es begann ihn zu beunruhigen, wie er so abseits von den anderen, dünn und verwachsen im Regen dastand. Es war nicht kalt, und der sanfte Regen war ein Segen für den Garten. Keiner der anderen Bäume war in einem so elenden Zustand wie dieser. Neben ihm stand ein junger Apfelbaum – das Bäumchen war, wie er sich noch erinnerte, erst vor wenigen Jahren gepflanzt worden –, der war aufrecht und fest gewachsen und streckte die jungen Triebe in den Himmel, daß es ganz so aussah, als freute er sich über den Regen. Er schaute durch das Fenster zum Bäumchen hinüber und lächelte. Aber warum, zum Teufel, mußte er plötzlich an den Zwischenfall mit dem Mädchen denken, das vor einigen Jahren aufs Land gekommen war, um auf dem Nachbarhof zu helfen?

Er überlegte: Tatsächlich, er hatte monatelang nicht mehr an sie gedacht. Und außerdem, was war denn schon dabei gewesen? Er hatte während des Krieges übers Wochenende auf dem Hof ausgeholfen – sie war dort gewesen, sie war fröhlich, hübsch und lächelte immer. Sie hatte schwarze Locken, war braungebrannt und jungenhaft und hatte eine Haut wie ein frischer, junger Apfel.

Er freute sich darauf, sie sonnabends oder sonntags zu sehen. Sie war ein Gegengift gegen die unvermeidlichen neuesten Meldungen und Klagen über die Kriegsverhältnisse, die er den ganzen Tag über von Midge zu hören bekam. Er schaute die Kleine in den engen Kniehosen und den hellen Blusen gern an; sie war fast noch ein Kind, höchstens neunzehn Jahre alt, und wenn sie lachte, war es, als umarmte sie die ganze Welt.

Er wußte nicht, wie es geschah, und es war doch auch so harmlos. Eines Tages hatte er etwas am Traktor zu tun und beugte sich über den Motor. Sie stand in der Scheune neben ihm, ganz nahe. Sie lachten, er drehte sich um, um nach der Putzwolle zu greifen und einen Zapfen zu säubern, da lag sie plötzlich in seinen Armen, und er hatte sie geküßt. Es war schön, ganz spontan und frei von jeder Überlegung und das Mädchen so warm und so reizend mit ihrem frischen, jungen Mund. Dann hatten sie weiter am Traktor gearbeitet, gemeinsam jetzt, mit einer Vertraulichkeit, die sie beide fröhlich und friedlich zugleich gemacht hatte. Als das Mädchen die Schweine füttern mußte, ging er mit ihr aus der Scheune hinaus. Er hatte ihr seine Hand auf die Schulter gelegt, es war eine nichtssagende, bedeutungslose Geste gewesen, eine harmlose Liebkosung. Als sie in den Hof traten, stand Midge da und starrte sie an. »Ich muß zur Rot-Kreuz-Versammlung«, sagte sie, »aber der Motor will nicht anspringen. Ich rief dich, aber du scheinst mich nicht gehört zu haben.« Ihr Gesicht war unbeweglich. Sie schaute das

Mädchen an. Sofort hatte er sich schuldig gefühlt. Das Mädchen grüßte Midge freundlich und ging über den Hof zu den Schweinen.
Er war mit Midge zum Wagen gegangen und hatte ihn durch einen Handgriff in Gang gebracht. Midge dankte ihm mit tonloser Stimme. Er konnte ihr nicht in die Augen blicken. Das also war Ehebruch, das also war Sünde! So etwas stand auf der zweiten Seite in der Sonntagszeitung: »Ehemann im vertrauten Umgang mit einem Mädchen der Landhilfe in einer Scheune. Ehefrau Augenzeugin.« Die Hände zitterten ihm, als er nach Hause ging, und er mußte einen Whisky trinken. Sie sprachen nie darüber. Midge erwähnte die Angelegenheit mit keinem Wort. Eine feige Regung hielt ihn davon ab, am nächsten Wochenende wieder auf den Hof zu gehen, und dann hörte er, die Mutter des Mädchens sei erkrankt; sie sei zu ihren Eltern nach Hause gefahren.
Er hatte sie nie wiedergesehen. Warum, fragte er sich, kam sie ihm gerade heute in den Sinn, während er hinausschaute und beobachtete, wie der Regen auf die Apfelbäume rieselte? Es würde das beste sein, den alten Baum zu

fällen, und sei es auch nur, um dem jungen, emporstrebenden mehr Licht zu geben. Er konnte sich im Schatten des alten nur schlecht entwickeln.

Am Freitag nachmittag ging er in den Gemüsegarten, um Willis, dem Gärtner, der dreimal in der Woche kam, seinen Lohn zu zahlen. Bei dieser Gelegenheit wollte er im Gerätehaus nachschauen, ob Axt und Säge in gutem Zustand wären. Willis hatte die Gartengeräte in Ordnung zu halten, dazu hatte Midge ihn angehalten; Axt und Säge hingen wie immer an ihrem Platz an der Wand.

Er zahlte Willis seinen Lohn und wandte sich zum Gehen, als dieser plötzlich sagte: »Ist es nicht seltsam, Sir, mit dem alten Apfelbaum?«

Diese Bemerkung kam so unerwartet, daß er erschrak. Er fühlte, wie ihm das Blut in den Kopf schoß.

»Apfelbaum? Was für ein Apfelbaum?« fragte er.

»Nun, der am Ende der Terrasse«, antwortete Willis, »er hat, solange ich hier arbeite – und das tue ich schon etliche Jahre lang – niemals Früchte getragen. Keinen Apfel und auch kei-

ne einzige Blüte. Wir wollten ihn schon in dem strengen Winter fällen, vielleicht erinnern Sie sich noch daran, aber dann haben wir es doch unterlassen. In diesem Jahr scheint neues Leben in ihn gekommen zu sein. Haben Sie es noch nicht gesehen?« Der Gärtner schaute ihn lächelnd und mit einem verschmitzten Ausdruck an.
Was meinte der Kerl? Sollte tatsächlich auch der Gärtner diese blödsinnige Ähnlichkeit bemerkt haben? Nein, das war ganz und gar unmöglich, der Gedanke war lächerlich! Außerdem war es ihm schon wieder ganz aus dem Sinn gekommen, er hatte selbst nicht mehr daran gedacht.
»Ich habe nichts gesehen«, sagte er, es klang wie eine Entschuldigung.
Willis lachte. »Kommen Sie mit zur Terrasse, Sir«, sagte er. »Ich werde es Ihnen zeigen.« Sie gingen zusammen den leicht abschüssigen Rasen hinunter, und als sie unter dem Apfelbaum standen, zog Willis einen Zweig herunter, den er erreichen konmte. Er knarrte ein wenig, als sei er völlig steif und unnachgiebig. Willis entfernte mit dem Finger die trockene

Flechte, die sich am Zweig festgesetzt hatte, und legte die spitzen Triebe bloß. »Sehen Sie, Sir, er treibt Knospen. Schauen Sie, fühlen Sie selbst. Es ist noch Leben drin. Ich hab so etwas noch nicht erlebt. Sehen Sie, auch dieser Zweig.« Er ließ den einen los, reckte sich empor und griff einen anderen.

Willis hatte recht. Der Baum hatte viele Knospen angesetzt. Allerdings waren sie klein und braun und schienen kaum den Namen Knospen zu verdienen. Sie saßen an den Zweigen, als gehörten sie nicht recht dorthin, waren staubig und trocken. Er streckte die Hände in die Hosentaschen. Es war ihm seltsam unangenehm, die Knospen zu berühren.

»Ich glaube nicht, daß viel dabei herauskommen wird«, sagte er.

»Ich weiß nicht recht, Sir«, sagte Willis. »Ich hoffe doch. Der Baum hat den Winter ausgehalten, und wenn wir keinen starken Frost mehr bekommen, können wir ein Wunder erleben. Es wäre doch eine Überraschung, wenn der alte Baum noch einmal blühte. Vielleicht trägt er doch noch Früchte.« Er strich mit der Hand über den Stamm des Baumes; es lag

etwas Vertrauliches und Liebevolles in der Bewegung.
Der Besitzer des Apfelbaumes wandte sich ab. Aus irgendeinem unbestimmten Grund ärgerte er sich über Willis. Jetzt würde also jeder überzeugt sein, daß noch Leben in dem Baum steckte. Und aus seinem Plan, ihn übers Wochenende zu fällen, würde nun nichts werden.
»Er nimmt dem jungen Baum dort nur das Licht fort«, sagte er. »Wäre es nicht wirklich besser, ihn zu fällen und dem jungen dadurch mehr Raum zu geben, sich zu entwickeln?«
Er trat an den jungen Baum heran und strich mit der Hand über einen Ast. Der war nicht mit Flechten überzogen. Die Rinde war glatt, und der Zweig federte elastisch zurück, als er ihn freigab.
»Den Baum fällen«, fragte Willis, »während noch Leben in ihm ist? O nein, Sir, das würde ich nicht tun. Er schadet dem jungen Baum nicht. Lassen wir den alten doch noch ein Jahr leben. Wenn er nicht trägt, können wir ihn ja im nächsten Winter fällen.«
»Gut, Willis«, sagte er und ging eilig fort. Er hatte keine Lust, weiter darüber zu sprechen.

Als er an diesem Abend zu Bett ging, öffnete er wie immer das Fenster und zog die Vorhänge zurück. Er wachte morgens nicht gern in einem geschlossenen Zimmer auf. Der Vollmond schien und tauchte Terrasse und Rasen in ein gespenstischweißes, stilles Licht. Kein Lüftchen regte sich, kein Laut war zu hören. Er lehnte sich aus dem Fenster, denn er liebte die Stille. Der volle Glanz des Mondes lag auf dem jungen Apfelbaum. Es war ein seltsames Licht, und der Baum sah aus wie im Märchen. Klein, geschmeidig und schlank stand er da. Er hätte eine Tänzerin sein können, die mit erhobenen Armen auf den Zehenspitzen voll innerer Ausgeglichenheit zu schweben und nur darauf zu warten schien, herumzuwirbeln. Es lag eine so absichtslose, glückliche Anmut in ihm! Prächtiges junges Bäumchen! Links von ihm stand der andere, noch halb im Schatten. Nicht einmal das Mondlicht konnte ihm Schönheit verleihen. Warum, zum Teufel, mußte er nur so krumm und gebeugt dastehen, anstatt sich aufzurichten, sich dem Licht entgegenzuheben? Er verdarb die stille, ruhige Nacht, störte die Umgebung. Er war ein

Narr gewesen, Willis nachzugeben und den Baum nicht zu fällen. Diese lächerlichen Knospen würden niemals richtige Blüten werden, und selbst wenn...

Er ließ die Gedanken schweifen, und zum zweitenmal in dieser Woche kam ihm das Mädchen von der Farm und ihr fröhliches Lachen in den Sinn. Er überlegte, was wohl aus ihr geworden sein mochte. Wahrscheinlich hatte sie geheiratet, eine Familie gegründet, irgendeinen Burschen glücklich gemacht. Sicherlich. Ach, ja... Er lächelte. Fing er selbst jetzt an, diesen Ausdruck zu gebrauchen? Arme Midge!

Dann hielt er den Atem an und stand, die Hand am Vorhang, ganz still. Der Apfelbaum zur Linken lag jetzt nicht mehr im Schatten. Das Mondlicht fiel auf die störrischen Zweige, sie sahen aus wie die in demütiger Bitte erhobenen Arme eines Skeletts. Erfrorene Arme, starr, steif bis zum Schmerz. Kein Lüftchen regte sich, die anderen Bäume standen bewegungslos. Aber dort, die obersten Zweige; erschauerten, bewegten sie sich nicht wie in einem Windhauch, der von nirgendwoher kam und sogleich wieder erstarb? Plötzlich löste sich ein großer Zweig des Apfelbaumes vom Stamm und fiel auf den Rasen. Es war der Ast mit den kleinen, dunklen Knospen, den er nicht zu berühren gewagt hatte. Er starrte bewegungslos auf den Ast, der dort im Mondlicht im Gras lag.

Der Schatten des jungen Apfelbaums fiel darüber; er lag ganz nahe an dessen Stamm und schien wie anklagend auf ihn hinzuweisen.

Zum ersten Male, seit er sich erinnern konnte, zog er die Vorhänge vor, um das Mondlicht abzuwehren.

Willis' Aufgabe beschränkte sich auf den Gemüsegarten. Er hatte zu Midges Lebzeiten niemals viel im Vordergarten zu tun gehabt, denn die Blumen hatte sie sich selbst vorbehalten. Sie hatte zumeist sogar den Rasen eigenhändig gemäht und tief gebeugt den alten Rasenmäher den Abhang hinauf und hinunter geschoben.

Das war eine jener Aufgaben, die sie sich freiwillig aufgebürdet hatte, wie das Staubsaugen der Schlafzimmer. Da Midge den Vordergarten nicht mehr bearbeiten und dem Gärtner auch keine Anweisungen mehr geben konnte, kam Willis jetzt oft nach vorn. Er freute sich über diese Veränderung und fühlte sich nun für den ganzen Garten verantwortlich.

»Es ist mir unbegreiflich, wieso der Ast abbrechen konnte, Sir«, sagte er am Montag.

»Was für ein Ast?«

»Nun, der Ast des Apfelbaumes, der, den wir uns angeschaut haben, ehe ich fortging.«

»Er wird wohl morsch gewesen sein. Ich habe Ihnen doch gesagt, der Baum hat kein Leben mehr in sich.«

»Er war durchaus nicht morsch, Sir. Sehen Sie doch, es ist eine ganz frische und glatte Bruchstelle.«

Noch einmal mußte der Hausherr seinem Gärtner zur Terrasse folgen und ihm recht geben. Willis hob den Ast auf. Die Flechte, die auf ihm saß, war vom Regen durchweicht. Sie war schmutzig wie verfilztes Haar.

»Sie sind doch über Sonntag nicht noch einmal gekommen, um nachzusehen, und haben den Ast doch nicht berührt, nicht wahr, Sir?« fragte der Gärtner.

»Nein, ganz gewiß nicht«, antwortete der Hausherr ein wenig unsicher. »Im Gegenteil, ich habe ihn in der Nacht herabfallen hören, als ich gerade die Schlafzimmerfenster öffnete.«

»Merkwürdig. Es war doch eine so ruhige Nacht.«

»So etwas passiert manchmal bei alten Bäumen. Es ist mir unbegreiflich, warum Sie sich über diesen so aufregen. Man denkt ja fast...«

Er unterbrach sich, denn er wußte nicht, wie er den Satz beenden sollte.

»Was denken Sie, Sir?«

Er hatte sagen wollen, Willis kümmere sich um den Baum wie um einen Menschen. Doch ein Instinkt hielt ihn davon ab, es auszusprechen.

»Man denkt ja fast, es wäre ein wertvoller Baum«, sagte er dann.

Der Gärtner schüttelte den Kopf. »Nein«, sagte er, »es ist nicht der Wert des Baumes; ich behaupte nicht, daß er überhaupt etwas wert sei. Es ist nur, daß er nach all der Zeit, während wir dachten, es sei kein Leben mehr in ihm, nun doch noch treibt, wenn man es so nennen darf. Es ist eine Laune der Natur, sage ich. Hoffentlich brechen vor der Blüte nicht noch mehr Äste ab.«

Später, als der Hausherr zu seinem Spaziergang fortging, sah er, wie der Gärtner das Gras um den Baum herum abmähte und den Baum selbst mit einem neuen Drahtgeflecht umgab. Es war doch zu lächerlich! Er zahlte diesem Kerl nicht das viele Geld, damit er sich mit einem halb abgestorbenen Baum beschäftigte. Er gehörte in den Küchengarten und sollte sein Gemüse ziehen. Aber es war zu unbequem, sich deswegen mit ihm herumzustreiten.

Er kam gegen halb sechs Uhr nach Hause; den Nachmittagstee überschlug er seit Midges Tod. Er freute sich auf den Lehnsessel neben dem Kamin, auf seine Pfeife, ein Glas Whisky und auf die Ruhe.

Das Feuer war kurz vorher angezündet worden, und der Kamin rauchte. Im Wohnzimmer roch es sonderbar, ja widerlich. Er öffnete die Fenster und ging nach oben, um die schweren Schuhe auszuziehen.

Als er wieder nach unten kam, hing der Rauch

noch im Zimmer, der Geruch war nicht gewichen. Es war unmöglich, ihn genau zu bestimmen. Süßlich, eigenartig.
Er rief nach der Aufwartefrau in der Küche.
»Es riecht so seltsam im Haus«, sagte er. »Woher mag es wohl kommen?« Die Frau kam in die Halle.
»Was für ein Geruch, Sir?« fragte sie beleidigt.
»Es ist im Wohnzimmer«, sagte er. »Das ganze Zimmer war verräuchert. Haben Sie irgend etwas verbrannt?«
Ihr Gesicht hellte sich auf. »Es muß das Holz sein«, sagte sie. »Willis hat es extra für Sie gehackt, Sir. Er sagte, Sie würden sich freuen.«
»Was für Holz?«
»Er sagte, es sei Apfelholz, Sir. Von dem Zweig, den er zersägt hat. Apfelholz soll ausgezeichnet brennen. Manche Leute lieben es ganz besonders. Ich selbst rieche nichts, aber ich bin etwas erkältet.«
Sie sahen gemeinsam nach dem Feuer. Willis hatte das Holz ganz klein gehackt. Die Aufwartefrau hatte in der Absicht, dem Haus-

herrn eine Freude zu machen, einiges davon über die Kohlen geschichtet, damit das Feuer nicht so schnell ausginge. Es brannte jedoch nicht gut. Nur ein dünner, armseliger, grünlicher Rauch stieg auf. War es möglich, daß sie tatsächlich diesen widerlichen, ranzigen Geruch nicht bemerkte? »Das Holz ist feucht«, sagte er plötzlich, »das hätte Willis sich doch denken können. Kein Wunder, daß das Feuer nicht brennt.«

Das Gesicht der Aufwartefrau nahm einen steifen, ja verdrießlichen Ausdruck an. »Es tut mir leid«, sagte sie. »Ich habe nichts davon bemerkt. Als ich das Feuer anzündete, schien das Holz gut zu brennen. Ich dachte immer, Apfelholz wäre ein besonders gutes Brennholz, Willis hat's auch gesagt. Er hat mir eingeschärft, dies Holz zu nehmen; denn er hat es extra für Sie gehackt. Ich dachte, Sie wüßten davon und hätten ihm den Auftrag gegeben.«

»Schon gut«, sagte er hastig, »es wird wohl noch brennen. Sie können ja nichts dafür.«

Er drehte ihr den Rücken, stocherte im Feuer herum und versuchte, das Holz beiseite zu schieben. Solange die Aufwartefrau im Haus war, konnte er nichts machen. Wenn er das feuchte, schwelende Apfelholz herausnehmen, fortwerfen und das Feuer mit frischem Holz wieder anzünden wollte, würde sie eine Bemerkung machen. Er müßte durch die Küche gehen, wenn er Holz zum Anfeuern holen wollte, das im Nebenraum gelagert wurde. Sie würde ihn anstarren, auf ihn zutreten und sagen: »Lassen Sie mich das machen, Sir. Ist das Feuer denn schon ausgegangen?« Nein, er mußte bis nach dem Abendessen warten. Sie ging gewöhnlich nach dem Abräumen und Geschirrspülen nach Hause. So lange mußte er den Geruch eben ertragen.

Er goß sich ein Glas Whisky ein, zündete die Pfeife an und starrte ins Feuer. Es strahlte überhaupt keine Hitze aus, und da die Zentralheizung nicht brannte, war es im Wohnzimmer empfindlich kalt. Hin und wieder lösten sich kleine grüne Rauchwolken leise zischend vom Holz. Daher schien der widerlich-süßliche Geruch zu kommen, der sich mit keinem anderen ihm bekannten Rauchgeruch vergleichen ließ. Daß der Gärtner sich auch in alles einmischen mußte! Warum hatte er den

Ast nur zersägt? Er mußte sich doch denken, daß das Holz feucht war, ganz vollgesogen mit Feuchtigkeit.
Er lehnte sich vor und schaute genauer hin. War es denn wirklich die Regennässe, die dort hervorquoll und in kleinen Tropfen vom dünnen Holz niederfiel? Nein, es war der Saft des Holzes, unangenehm und schleimig.
Er nahm den Schürhaken und stieß ärgerlich mitten ins Holz hinein, um das Feuer anzufachen, damit der grüne Rauch verschwände. Doch erfolglos. Das Holz brannte nicht. Nur der Saft tropfte auf den Rost und füllte das Zimmer mit dem süßlichen Geruch, von dem ihm fast übel wurde. Er nahm das Whiskyglas und sein Buch, stellte in seinem Arbeitszimmer den elektrischen Heizofen an und beschloß, es sich dort gemütlich zu machen.
Es war zum Aus-der-Haut-Fahren! Es erinnerte ihn an die Vergangenheit, in der er hatte vorgeben müssen, Briefe zu schreiben, um ungestört im Arbeitszimmer sitzen zu können, während Midge im Wohnzimmer strickte. Sie hatte die Angewohnheit, abends nach getaner Arbeit ständig zu gähnen. Dieser Gewohnheit

war sie sich durchaus nicht bewußt. Sie pflegte sich mit dem Strickzeug aufs Sofa zu setzen, die Nadeln klapperten bei den hastigen, wilden Bewegungen, und plötzlich begann es dann: zuerst das leichte Zittern des Kinns, dann kam aus der Tiefe ein langgezogenes »ah ... ah ... hi-oh«, und es folgte das unvermeidliche Seufzen. Dann war es wieder still, nur die Stricknadeln klapperten. Er aber saß vor seinem Buch und wartete, daß innerhalb weniger Minuten das Gähnen von neuem begänne, wieder von einem Seufzer begleitet.
Ein hoffnungsloser Ärger stieg in ihm auf. Er hatte größte Lust, das Buch auf den Tisch zu knallen und zu rufen: »Wäre es nicht besser, du gingst zu Bett, wenn du so müde bist?« Aber er beherrschte sich, und nach einer Weile, wenn er es nicht mehr ertragen konnte, pflegte er sich dann zu erheben und sich ins Arbeitszimmer zurückzuziehen.
Jetzt tat er das gleiche, genau wie früher, nur wegen des Apfelholzes diesmal, wegen dieses verdammten, widerlichen Geruchs des schwelenden Holzes. Er blieb in seinem Sessel vor dem Schreibtisch sitzen und wartete auf das

Abendessen. Es war beinahe neun Uhr, ehe die Aufwartefrau sein Bett gerichtet hatte und gegangen war.
Er kehrte ins Wohnzimmer zurück, das er seit einigen Stunden nicht mehr betreten hatte. Das Feuer war ausgegangen. Es mußte einige Male aufgeflackert sein, denn das Holz war verkohlt und auf dem Rost in sich zusammengesunken. Die Asche sah kümmerlich aus, und der süßliche Geruch haftete an den halbverkohlten Holzresten. Er ging in die Küche, fand einen leeren Kohleneimer und trug ihn ins Wohnzimmer. Er schüttete Holz und Kohle hinein. Entweder mußte Wasser im Eimer gewesen sein, oder das Holz war noch immer nicht trocken; denn als er alles hineingeschüttet hatte, erschien es ihm noch dunkler als vorher. Es war, als bildete sich eine Art Schaum darauf. Er trug den Eimer in den Heizungskeller und warf einen Teil des Eimerinhaltes in den Ofen.
Dann erinnerte er sich plötzlich – zu spät natürlich –, daß die Zentralheizung ja schon seit ein oder zwei Wochen nicht mehr benützt wurde, weil es Frühling geworden war. Das Holz

würde also bis zum nächsten Winter unberührt dort unten liegen bleiben.

Er fand Papier, Streichhölzer, eine Kanne Petrol, setzte alles in Brand, schloß die Klappe und lauschte dem Knistern der Flammen. Damit wäre die Sache erledigt!

Er wartete, stieg dann die Treppe hinauf, ging in die Kammer neben der Küche, um Holz für den Kamin zu holen und das Feuer wieder anzuzünden. Es dauerte lange, ehe er das geeignete Brennmaterial fand, doch seine Geduld wurde belohnt. Das Feuer brannte endlich wieder, und er machte es sich im Lehnsessel davor bequem.

Er hatte ungefähr zwanzig Minuten gelesen, da hörte er plötzlich eine Tür klappen. Er ließ das Buch sinken und lauschte. Nichts. Doch dann, ja, da war es wieder. In der Nähe der Küche klapperte eine Tür.

Er erhob sich, um sie zu schließen. Es war die Tür vor der Kellertreppe. Er hätte geschworen, sie geschlossen zu haben. Irgendwie hatte sich der Haken losgemacht. Er knipste das Licht oben an der Kellertreppe an, um nachzusehen. Am Haken war nichts Besonderes zu bemerken. Gerade wollte er die Tür fest schließen, da spürte er wieder den Geruch. Der widerlich-süße Geruch des schwelenden Apfelholzes! Er kam von unten aus dem Keller heraufgekrochen.

Plötzlich packte ihn grundlos eine Furcht, beinah ein Schrecken. Wenn nun der Geruch in der Nacht das ganze Haus, von den Küchenräumen bis zum oberen Stock, verpestete und, während er schlief, in sein Schlafzimmer eindrang und ihn erstickte, so daß er nicht mehr atmen konnte? Der Gedanke war lächerlich, wahnsinnig; und dennoch…

Er zwang sich, die Kellertreppe noch einmal hinabzusteigen. Aus dem Ofen drang kein Geräusch, kein Flammengeknister war mehr zu hören. Dünne, grüne Rauchwölkchen bahnten sich durch die Ritzen der geschlossenen Klappe ihren Weg. Das also war es, was er oben gerochen hatte!

Er trat näher und öffnete die Klappe. Das Papier und einige kleinere Holzstücke waren verbrannt. Aber die größeren Scheite, das Apfelholz, waren nicht mitverbrannt. Sie lagen noch genauso da, wie er sie hineingeworfen hatte, ein angekohltes Stück über dem anderen, wie verbrannte und rauchgeschwärzte Gebeine. Übelkeit überfiel ihn. Er biß mit den Zähnen ins Taschentuch und würgte. Plötzlich rannte er nach oben, um den Kohleneimer zu holen. Er wußte kaum, was er tat. Mit Schaufel und Zange versuchte er, das Holz durch die enge Öffnung herauszuholen und wieder in den Eimer zu befördern. Sein Magen drehte sich dabei fast um.

Endlich war der Eimer gefüllt. Er trug ihn die Treppe hinauf durch die Küche bis an die Hintertür. Er öffnete sie. Der Mond schien heute nicht, es regnete. Er schlug den Rockkragen hoch und blinzelte hinaus in die Dunkelheit. Er wußte nicht, wohin mit dem Holz. Es war zu naß und zu dunkel, um sich bis zum Küchengarten zu tasten und den Eimer dort auf dem Komposthaufen auszuleeren. Doch auf der Weide hinter der Garage stand das Gras hoch und dicht. Mochte das Holz dort ungesehen und versteckt liegen! Er tastete sich über den mit Kies bestreuten Fahrweg und warf – als er an den Zaun gekommen war – seine Last in das alles verhüllende Gras. Mochte es dort vergehen, vermodern, sich ganz mit Regen vollsaugen und schließlich selbst wieder zu Erde werden, ihn kümmerte es nicht! Er war nicht mehr dafür verantwortlich. Es war nicht mehr in seinem Haus, mochte nun aus ihm werden, was da wollte.

Er kehrte ins Haus zurück und versicherte sich diesmal, daß die Kellertür auch fest zugehakt war. Die Luft war wieder klar, der Geruch verflogen.

Er ging ins Wohnzimmer, um sich am Kaminfeuer zu erwärmen, doch Hände und Füße waren vom Regen feucht. Im Magen verspürte er noch immer die Übelkeit, die vom Geruch des Apfelholzes herrührte, und all dies durchfror ihn, und er zitterte am ganzen Leib.

Er schlief schlecht, und als er am nächsten Morgen erwachte, fühlte er sich nicht wohl. Er hatte Kopfschmerzen und einen schlechten Geschmack auf der Zunge. Er verließ das Haus nicht. Seine Leber schmerzte ihn. Um seinen Gefühlen Luft zu machen, fuhr er die Aufwartefrau scharf an:

»Ich habe mich scheußlich erkältet, als ich mich gestern abend am Feuer wärmen wollte.

All das wegen dem Apfelholz. Der Geruch und der Rauch haben mich angegriffen. Sagen Sie das Willis, wenn er morgen kommt.«

Sie sah ihn ungläubig an.

»Ach, das tut mir aber leid«, sagte sie. »Als ich gestern abend nach Hause kam, erzählte ich die Geschichte mit dem Holz meiner Schwester. Sie hat gesagt, das wäre etwas ganz Ungewöhnliches; denn im allgemeinen gilt Apfelholz als besonders köstliches Brennholz und brennt vor allen Dingen ausgezeichnet.«

»Dieses hat jedenfalls nicht gebrannt, soviel steht fest«, sagte er. »Ich will nichts mehr davon sehen. Was den Geruch angeht... ich spüre ihn immer noch. Er hat mich ganz elend und krank gemacht.«

Ihr Mund wurde schmal. »Das tut mir leid«, sagte sie. Bevor sie das Wohnzimmer verließ, fiel ihr Auge auf die leere Whiskyflasche auf der Anrichte. Sie zögerte einen Augenblick, stellte sie aber schließlich doch aufs Tablett.

»Sie haben die Flasche ausgetrunken, Sir?« fragte sie.

Natürlich hatte er sie ausgetrunken, das konnte sie ja wohl sehen, denn die Flasche war leer.

Dennoch ahnte er die Folgerung, die sie stillschweigend aus dieser Tatsache zog. Sie wollte sagen, der Gedanke, daß der Geruch des Apfelholzes ihm Übelkeit verursacht habe, sei unsinnig; er habe wohl ein wenig zu tief ins Glas geschaut. Diese Unverschämtheit!

»Ja«, sagte er, »stellen Sie eine neue bereit.«

Das würde sie lehren, sich in Dinge zu mischen, die sie nichts angingen.

Er war einige Tage recht krank, hatte mit Übelkeit und Schwindel zu kämpfen und ließ schließlich den Arzt kommen. Die Geschichte vom Apfelholz klang wirklich unsinnig, als er sie jetzt erzählte, und der Arzt schien wenig beeindruckt zu sein, nachdem er ihn untersucht hatte.

»Die Leber ist nur ein wenig geschwollen«, sagte er. »Das kommt von den nassen Füßen, und wahrscheinlich haben Sie auch zuviel durcheinander gegessen. Ich glaube kaum, daß der Rauch etwas damit zu tun hat. Sie sollten sich mehr Bewegung verschaffen. Sie neigen zu Leberschwellungen. Spielen Sie doch Golf. Ich wüßte nicht, wie ich leben sollte, wenn ich nicht übers Wochenende Golf spielen könnte.« Er lachte, als er seine Tasche packte.

»Ich werde Ihnen ein Medikament verschreiben«, sagte er. »Aber sobald es nicht mehr regnet, stehen Sie auf und gehen an die Luft. Es ist doch so mild draußen, und alles, was wir brauchen, ist ein wenig Sonnenschein. In Ihrem Garten ist alles schon viel weiter als in meinem. Ihre Obstbäume stehen kurz vor der Blüte.

Bevor er ging, sagte er noch: »Sie dürfen auch nicht vergessen, daß Sie vor wenigen Monaten ein schwerer Verlust betroffen hat. Man braucht Zeit, um über so etwas hinwegzukommen. Sie vermissen Ihre Frau immer noch. Wissen Sie, das beste wäre, viel auszugehen und unter Menschen zu kommen. Also geben Sie auf sich acht.«

Sein Patient zog sich an und ging nach unten. Der Arzt meinte es natürlich gut, aber dieser Besuch war nur Zeitverschwendung gewesen. »Sie vermissen Ihre Frau immer noch!« Woher sollte der Arzt es auch wissen! Arme Midge...

Wenigstens sich selbst gegenüber war er so

ehrlich und gestand sich ein, daß er sie in keiner Weise vermisse, daß er – jetzt, da sie tot war – ungehindert und frei sei, und das hatte mit der Leber gar nichts zu tun, mit der es schon seit einigen Jahren nicht zum besten stand.

Die wenigen Tage, die er im Bett lag, hatte die Aufwartefrau benutzt, im Wohnzimmer großen Frühjahrsputz zu halten.

Das war natürlich eine unnötige Arbeit, aber sie betrachtete es als eine Art Erbe, das Midge ihr hinterlassen hatte. Das Zimmer sah gescheuert, aufgeräumt und nicht gerade gemütlich aus. Seine persönlichen Dinge waren fortgeräumt, Bücher und Papiere säuberlich aufeinandergestapelt. Es war wirklich schrecklich, daß er immer jemanden um sich haben mußte, der für ihn sorgte. Es hätte nicht viel gefehlt, und er hätte sie hinausgeworfen und für sich allein gesorgt, so gut es ging.

Nur die Umstände, die er mit der Kocherei und dem Geschirrspülen haben würde, hielten ihn davon ab. Das ideale Leben führten natürlich die Männer im Osten oder in der Südsee, die sich eine Eingeborene zur Frau nahmen. Da gab es keine Probleme. Die hatten ihre Ruhe, gute Bedienung und Aufwartung, bekamen ausgezeichnetes Essen und brauchten sich nicht zu unterhalten. Und wenn man mehr begehrte, so war sie da in der Nacht, eine junge, warme Geliebte. Keine Kritik, der Gehorsam eines Tieres gegen seinen Herrn und das unbeschwerte Lachen eines Kindes! Ja, sie wußten schon, was sie taten, diese Burschen, die mit aller Konvention brachen. Er wünschte ihnen von Herzen Glück.

Er trat ans Fenster und blickte über den sanft ansteigenden Rasen. Der Regen hörte auf, das Wetter versprach morgen gut zu werden, und er würde an die Luft gehen können, wie der Arzt ihm geraten hatte. Er hatte auch mit den Obstbäumen recht. Das Bäumchen neben den Stufen, die auf die Terrasse führten, stand bereits in Blüte. Eine Amsel saß auf einem Zweig, der unter dem Gewicht leicht hin und her schwankte.

Die Regentropfen glitzerten, die aufbrechenden Blüten waren noch ganz eingerollt und rosa. Aber morgen, wenn die Sonne durchbrach, würden sie weiß und zart gegen den blauen Himmel stehen. Er mußte den alten Fotoapparat hervorsuchen, einen Film einspannen und den kleinen Baum aufnehmen. Aber auch die anderen versprachen, noch in dieser Woche zu blühen. Nur der alte Apfelbaum zur Linken sah so tot aus wie immer, oder aber die Knospen waren so braun, daß er sie aus der Ferne nicht erkennen konnte. Vielleicht hatte ihm der abgebrochene Ast doch den Rest gegeben. Das wäre nur gut.

Er wandte sich vom Fenster ab, begann, das Zimmer wieder nach seinem Geschmack herzurichten und seine persönlichen Dinge überall zu verteilen. Er liebte es, herumzutrödeln. Er öffnete Schubladen, nahm etwas heraus und legte es wieder zurück. Auf einem dieser Seitentische lag ein roter Bleistift, der einmal gefunden worden war. Er spitzte ihn sorgfältig. In einer Schublade fand er einen neuen Film. Er nahm ihn heraus, um ihn am nächsten Morgen in den Apparat einzuspannen. In einer anderen gab es zahlreiche Papiere und Fotografien. Es lag alles durcheinander, Dutzende von Amateuraufnahmen. Midge hatte

sich früher um diese Dinge gekümmert und die Fotos in ein Album geklebt. Später, während des Krieges, hatte sie die Lust daran verloren oder auch zuviel zu tun gehabt.
Diesen ganzen Krimskrams konnte man wirklich fortwerfen. Das hätte neulich ein schönes Feuer gegeben und vielleicht sogar das Apfelholz zum Brennen gebracht. Wozu all das aufheben! Da war zum Beispiel diese unmögliche Fotografie von Midge, die vor vielen Jahren aufgenommen sein mußte; nicht lange nach ihrer Hochzeit, wie er aus der Art der Aufnahme entnahm. Hatte sie wirklich ihr Haar so getragen? Diesen Wuschelkopf, der für ihr schon damals langes und schmales Gesicht viel zu dick und kraus war? Sie trug ein sehr tief ausgeschnittenes Kleid, lange Ohrringe, und ihr gezwungenes Lachen machte den Mund noch breiter, als er schon war. In die linke untere Ecke hatte sie geschrieben »Meinem geliebten Butz von seiner Midge«. Er hatte seinen alten Kosenamen völlig vergessen. Sie hatte ihn schon lange nicht mehr so genannt, und er erinnerte sich, daß er niemals sehr entzückt davon gewesen war. Er hatte ihn

lächerlich gefunden, war immer verlegen gewesen, wenn sie ihn vor anderen so nannte, und hatte ihr deswegen einmal Vorwürfe gemacht.

Er zerriß die Fotografie und warf sie ins Feuer. Er beobachtete, wie sie sich aufrollte, verbrannte, und das letzte, was er sah, war ihr lachender Mund. *Meinem geliebten Butz...*

Plötzlich erinnerte er sich an das Abendkleid, das sie auf der Fotografie getragen hatte. Es war grün gewesen. Grün hatte ihr niemals gestanden, es hatte sie blaß gemacht. Sie hatte das Kleid zu einer besonderen Gelegenheit gekauft, zu einem Dinner bei Freunden, die ihren Hochzeitstag feierten. Zu diesem Dinner waren alle diejenigen Freunde und Bekannten geladen gewesen, die ungefähr zur gleichen Zeit mit ihnen geheiratet hatten; deswegen waren Midge und er auch hingegangen.

Es gab sehr viel Champagner, einige Tischreden wurden gehalten, sie waren sehr ausgelassen gewesen, hatten gelacht und Witze gemacht – einige Witze waren sehr deutlich gewesen –, und er erinnerte sich, daß ihr Gastgeber, als sie am Abend ins Auto stiegen, von

Lachen geschüttelt gerufen hatte: »Na, alter Junge, wenn du Erfolg bei den Frauen haben willst, dann wirf dich in Staatskleider, und alles wird klappen.«

Es war ihm aufgefallen, wie Midge aufrecht und steif neben ihm gesessen hatte, genauso lachend wie auf der Fotografie, die er eben verbrannt hatte; lebhaft und doch unsicher, zweifelnd, ob sie den Sinn der Worte, die ihr leicht angetrunkener Gastgeber in den Abend hinausgerufen hatte, auch richtig verstanden habe. Sie wollte überlegen scheinen, war darauf bedacht, immer freundlich zu sein, vor allem aber begierig, verzweifelt begierig, zu gefallen.

Nachdem er den Wagen in die Garage gefahren hatte und ins Haus gegangen war, hatte sie noch ohne jeden besonderen Grund im Wohnzimmer gesessen. Den Mantel hatte sie abgeworfen, um sich im Abendkleid zu zeigen, und das unsichere Lächeln war immer noch auf ihren Zügen.

Er hatte gegähnt, sich in einen Sessel gesetzt und nach einem Buch gegriffen. Sie hatte eine Weile gewartet, dann ihren Mantel genommen und war nach oben gegangen. Kurz darauf mußte die Aufnahme entstanden sein! *Meinem geliebten Butz von seiner Midge.* Er warf eine Handvoll trockenes Holz aufs Feuer. Die Scheite knisterten und spalteten sich, die Fotografie zerfiel zu Asche. Kein grünes, feuchtes Apfelholz diesmal…

Am folgenden Tag war gutes Wetter. Die Sonne schien, es war warm, die Vögel sangen. Er hatte plötzlich Lust, nach London zu fahren. Das war ein Tag, um die Bond Street entlangzubummeln und die Vorübergehenden zu betrachten; ein Tag, um zum Schneider zu gehen, sich die Haare schneiden zu lassen und in einer Bar ein Dutzend Austern zu essen. Die Erkältung war wie weggeblasen. Schöne Stunden lagen vor ihm. Vielleicht könnte er am Nachmittag sogar noch ins Kino gehen.

Der Tag verging ohne Zwischenfall, friedlich und gemächlich, gerade so, wie er es sich erhofft hatte. Es war eine angenehme Unterbrechung des ewigen Einerleis auf dem Lande. Gegen sieben Uhr fuhr er nach Hause, freute sich schon auf einen Whisky und das Essen. Es war so warm, daß er keinen Mantel brauchte, nicht

einmal jetzt, da die Sonne unterging. Freundlich grüßte er den Bauern, der gerade durchs Tor trat, als er in die Einfahrt einbog.
»Ein herrlicher Tag«, rief er ihm zu.
Der Bauer nickte und lächelte. »Davon können wir jetzt noch mehr brauchen«, rief er zurück. Ein netter Kerl. Seit er während des Krieges den Traktor gefahren hatte, stand er sehr gut mit ihm.
Er fuhr den Wagen in die Garage, trank einen Whisky und machte vor dem Essen noch einen Rundgang durch den Garten. Wie anders sah es hier nach den wenigen sonnigen Stunden aus! Osterglocken und Narzissen waren aus der Erde hervorgekommen, und die grünen Hecken zeigten frische und kräftige Triebe. Die Knospen der Apfelbäume waren aufgebrochen, sie standen alle in Blüte.
Er trat zu seinem Liebling, strich über die Blüten und schüttelte das Bäumchen sanft an einem großen Zweig. Er fühlte die Glätte der Rinde. Das Bäumchen war stark und würde nicht wanken. Vom Geruch der Blüten war bis jetzt noch nichts zu spüren, aber noch einige sonnige Tage, vielleicht ein oder zwei kleine

Schauer, und die geöffneten Blüten würden einen sanften, nicht durchdringend starken, sondern zarten Duft ausströmen. Es war ein Duft, den man suchen mußte wie die Bienen, und hatte man ihn einmal gefunden, so verließ er einen nicht wieder, sondern verweilte, war süß, lockend und erfrischend. Er strich noch einmal über den Stamm des kleinen Baumes und stieg die Stufen hinunter ins Haus.

Am nächsten Morgen, während er frühstückte, klopfte es an die Tür des Eßzimmers, und die Aufwartefrau sagte, Willis warte draußen und wolle ihn sprechen. Er bat Willis einzutreten. Der Gärtner sah bedrückt aus. Ob es wohl etwas Unangenehmes war?

»Es tut mir leid, Sie zu belästigen, Sir«, sagte er, »aber Mister Jackson hat heute morgen mit mir gesprochen. Er macht mir Vorwürfe.«

Jackson war der Bauer, dem die angrenzenden Felder gehörten.

»Weswegen macht er Ihnen Vorwürfe?«

»Er sagt, ich hätte Holz über den Zaun auf seine Weide geworfen. Ein Fohlen, das mit der Stute dort weidete, hat sich den Fuß darauf vertreten und lahmt jetzt. Ich habe aber wirklich kein Holz über den Zaun geworfen, Sir. Mr. Jackson war sehr böse, Sir. Er sprach vom Wert des Fohlens und sagte, er könne es jetzt vielleicht nicht so gut verkaufen.«

»Sie haben ihm doch hoffentlich gesagt, daß Sie es nicht gewesen sind?«

»Ja, natürlich, Sir. Aber das Schlimme ist, daß tatsächlich jemand Holz über den Zaun geworfen haben muß. Er hat mir auch die Stelle gezeigt, gleich hinter der Garage. Ich bin mit Mr. Jackson hingegangen, und er hatte recht. Es ist Feuerholz hinübergeworfen worden. Ich dachte, es sei das beste, erst mit Ihnen und dann in der Küche darüber zu sprechen, sonst gibt es doch nur Unannehmlichkeiten.«

Er fühlte, wie das Auge des Gärtners erwartungsvoll auf ihn gerichtet war. Es gab keinen Ausweg mehr, soviel stand fest. Und in erster Linie war es ja Willis' Schuld.

»Sie brauchen in der Küche gar nicht erst darüber zu sprechen, Willis«, sagte er, »denn ich selbst habe das Holz hinübergeworfen. Sie haben es ins Haus gebracht, ohne daß ich Sie darum gebeten hatte, und dann hat es nicht einmal gebrannt, sondern das Zimmer verräuchert und mir den ganzen Abend verdorben. In meiner Wut habe ich es dann über den Zaun geworfen, und wenn ich dadurch Jacksons Fohlen einen Schaden zugefügt habe, so entschuldigen Sie mich bei ihm, und sagen Sie, ich werde den Schaden ersetzen. Ich möchte Sie aber bitten, mir kein solches Holz mehr ins Haus zu bringen.«

»Nein, Sir. Ich habe schon gehört, daß Sie sich geärgert haben. Ich wußte allerdings nicht, daß Sie das Holz hinauswerfen würden.«

»Ich habe es nun einmal getan! Aber jetzt wollen wir nicht mehr darüber sprechen.«

»Ja, Sir.« Er machte Miene zu gehen, doch ehe er das Eßzimmer verließ, zögerte er und sagte: »Ich kann trotzdem nicht begreifen, daß das Holz nicht gebrannt hat. Ich habe meiner Frau ein Stück davon mitgebracht, und es hat abends herrlich in unserer Küche gebrannt, genauso wie jedes andere Holz.«

»Hier hat es nicht gebrannt.«

»Aber wie dem auch sei, der alte Baum macht den Verlust des einen Astes wieder wett, Sir. Haben Sie ihn heute morgen schon gesehen?«

»Nein.«

»Die Sonne gestern und die warme Nacht haben ihm sehr wohl getan, Sir. Der Baum ist ein Gedicht mit den vielen Blüten. Sie sollten ihn sich selbst ansehen, Sir.«

Der Gärtner verließ das Zimmer, und der Hausherr beendete sein Frühstück. Dann trat er auf die Terrasse hinaus. Er ging nicht sofort auf den Rasen; er tat so, als schaue er sich die anderen Pflanzen an, trug einen schweren Gartenstuhl hinaus, weil das Wetter schön und beständig zu werden versprach, nahm eine Rosenschere und schnitt an den jungen Rosenstöcken unter den Fenstern herum.

Willis hatte recht gehabt. Ob es nun die Sonne gewesen war oder die warme Nacht, vermochte er nicht zu sagen; jedenfalls waren die kleinen, braunen Knospen aufgesprungen, hatten sich entfaltet und bildeten jetzt über ihm eine phantastische Wolke weißer, taufeuchter Blüten. Im Wipfel des Baumes drängten sie sich am dichtesten, und es sah aus, als säßen lauter feuchte Wattebäusche nebeneinander. Alle Blüten, vom Wipfel bis zu den untersten Zweigen, waren vom gleichen blassen, kränklichen Weiß.

Er sah gar nicht aus wie ein richtiger Baum, sondern glich eher einem schlaff herabhängenden Zelt, das die Besitzer während des Regens verlassen hatten; oder aber einem Staubwedel, einem Riesenstaubwedel, dessen streifige äußerste Enden in der Sonne gebleicht waren.

Die einzelnen Blüten waren zu dick, eine viel zu große Last für den dünnen Baum, und der Tau, der an den Blüten hing, vergrößerte sie nur noch. Schon verfärbten sich die Blüten der untersten Zweige in ein Braun, als sei die Anstrengung für den Baum zu groß gewesen. Dabei hatte es gar nicht geregnet. Ja, so war es. Willis hatte recht behalten: der Baum war erblüht. Aber statt daß die Blüte Ausdruck des Lebenswillens und der Schönheit gewesen wäre, war sie eine einzige Entstellung, eine einzigartige Mißgeburt, die nicht wußte, wie grotesk sie gestaltet war, und die nun zu gefallen suchte. Fast als wollte sie selbstbewußt unter einem verzerrten Lächeln sagen: »Schau! All das ist für dich!«

Plötzlich hörte er Schritte hinter sich. Es war Willis.

»Ist es nicht eine Pracht?«

»Bedaure, aber ich kann es unmöglich schön finden. Die Blüte ist viel zu dick.«

Der Gärtner sah ihn wortlos an. Es fiel ihm ein, der Gärtner müsse ihn für einen schwierigen, unzugänglichen, ja exzentrischen Menschen halten. Wahrscheinlich ging er hinterher in die Küche und sprach mit der Aufwartefrau über ihn, die ihm sicher zustimmen würde. »Er ist ein ganz anderer Mensch geworden. Es ist nicht mehr so wie früher. Schade!«

Er zwang sich, Willis zuzulächeln.

»Sehen Sie«, sagte er, »ich möchte Ihre Freude nicht dämpfen. Aber diese ganze Blüte interessiert mich nicht. Ich habe es gern, wenn die Blüte duftet und so zart und farbig wie die des kleinen Baumes ist. Aber nehmen Sie nur von den Zweigen mit nach Hause. Bringen Sie sie Ihrer Frau. Nehmen Sie, soviel Sie wollen, ich habe durchaus nichts dagegen, im Gegenteil, es würde mich freuen.«

Er machte eine großzügige Handbewegung. Er wäre froh gewesen, wenn Willis nun gegangen wäre, eine Leiter geholt und sämtliche Äste abgesägt hätte.

Doch der Gärtner schüttelte den Kopf. Er schaute ganz erschrocken drein. »Nein, vielen Dank, Sir, das würde mir im Traum nicht einfallen... das würde ja den ganzen Baum ruinieren. Nein, ich möchte auf die Früchte warten, darauf freue ich mich, auf die Früchte.«
Es war aussichtslos.
»Nun gut, Willis, lassen Sie es sein.«
Er ging zurück zur Terrasse, doch als er dort in der Sonne saß und den sanft ansteigenden Rasen hinaufschaute, konnte er den kleinen Baum überhaupt nicht sehen, der so bescheiden und zurückhaltend über den Treppenstufen stand und seine Blüten in die Luft hielt. Er stand klein und versteckt im Gras hinter der Mißgeburt mit der großen Wolke kraftloser, schon wieder verwelkender, bräunlichweißer Blüten. Wie immer er auf der Terrasse auch seinen Sessel drehte, ob er hierhin oder dorthin schaute, es schien ihm, als könne er dem Baum nicht entfliehen, als stände er da, ängstlich und vorwurfsvoll, als verlange er nach der Bewunderung, die er ihm nicht zu schenken vermochte.

In diesem Sommer dehnte er die Ferien länger aus als die Jahre zuvor. Er blieb kaum zehn Tage bei seiner alten Mutter in Norfolk statt – wie sonst mit Midge – einen ganzen Monat, und den Rest des August und den ganzen September verbrachte er in der Schweiz und in Italien.

Er fuhr mit dem Wagen, war auf diese Weise völlig unabhängig und konnte fahren, wohin er wollte. Er machte sich nichts aus Sehenswürdigkeiten und Ausflügen und war auch kein begeisterter Bergsteiger. Er genoß es, in der Abendkühle in eine Kleinstadt zu kommen, sich ein gemütliches kleines Hotel zu suchen und dort – wenn es ihm gefiel – zwei oder drei Tage zu bleiben und die Zeit in süßem Nichtstun hinzubringen.

Er saß morgens gern mit einem Glas Wein vor einem Café oder Restaurant und schaute dem Treiben der Leute zu. So viele fröhliche junge Menschen reisten heutzutage. Er liebte das Geschnatter der Unterhaltungen um sich herum, solange er sich nicht daran zu beteiligen brauchte. Hin und wieder grüßte ihn lächelnd ein Gast desselben Hotels, in dem er wohnte, wenige Worte flogen zu ihm herüber, aber sie bedrückten ihn nicht, sondern gaben ihm das Gefühl, irgendwie dazuzugehören, jemand zu sein, der es sich leisten konnte, in der Fremde sich ganz der Muße hinzugeben.

Früher, wenn er die Ferien mit Midge zusammengewesen war, hatte sie zu seinem Ärger immer sofort Bekanntschaft mit Leuten geschlossen, die ihrer Meinung nach »nett« aussahen oder die, wie sie es auch ausdrückte, »Menschen unserer Art« waren. Es begann mit einer Unterhaltung über Kaffee und endete gewöhnlich mit dem Plan, einen Tag gemeinsam zu verbringen oder eine Autofahrt zu viert zu unternehmen. Er konnte es nicht ertragen, die Ferien waren ihm verdorben.

Jetzt war er davon Gott sei Dank unabhängig. Er machte, was er wollte, und teilte sich die Zeit ein, wie es ihm beliebte. Keine Midge sagte: »Nun, wollen wir nicht gehen?«, wenn er noch zufrieden über seinem Wein saß, und keine Midge machte Pläne, Kirchen zu besuchen, die ihn nicht interessierten. Er nahm während dieser Ferien zu, aber er machte sich deswegen keine Sorgen. Es war niemand da,

der ihn trieb, nach einem reichlichen Essen einen langen Spaziergang zu machen, und ihn so in der Schläfrigkeit störte, die ihn nach Kaffee und Nachtisch überfiel. Es schaute ihn niemand erstaunt an, wenn es ihm plötzlich einfiel, ein etwas extravagantes Hemd oder eine farbenprächtige Krawatte zu tragen.
Wenn er ohne Hut, mit der brennenden Zigarre im Mund, durch die kleinen Städte und Dörfer strich und die fröhlichen jungen Leute ihm freundlich zulächelten, dann fühlte er sich richtig wohl. Das war das Leben: keine Unannehmlichkeiten, keine Sorgen. Kein »wir müssen bis zum Fünfzehnten wieder zu Hause sein, denn dann ist die Beratung des Komitees im Krankenhaus angesetzt«, kein »wir können das Haus nicht länger als vierzehn Tage ohne Aufsicht lassen, bedenke, was alles geschehen könnte«. Statt dessen die glänzenden Lichter eines ländlichen Jahrmarkts in einem Dorf, dessen Namen herauszufinden er sich nicht einmal die Mühe machte. Das Gedudel der Musik, die lachenden Burschen und Mädchen und er selbst, wie er sich, von einer Flasche hiesigen Weines erhitzt, vor einem jungen Ding mit

einem farbenfrohen Kopftuch verbeugte und sie unter dem heißen Zeltdach im Tanz schwenkte. Was kümmerte es ihn, ob ihre Schritte mit den seinen harmonierten – waren doch Jahre vergangen, seitdem er das letztemal getanzt hatte –, es war herrlich, es war gut. Er verabschiedete sich von ihr, als die Musik aufhörte, und sie lief kichernd fort zu ihren jungen Freunden, die sich zweifelsohne über ihn lustig machten. Was lag schon daran? Er hatte seinen Spaß gehabt.

Er verließ Italien, als das Wetter gegen Ende September umschlug, und war in der ersten Oktoberwoche wieder zu Hause. Es war gar kein Problem – ein Telegramm an die Aufwartefrau mit dem vermutlichen Ankunftstag, das war alles. Selbst ein kurzer Urlaub mit Midge und die Rückkehr waren immer mit Komplikationen verbunden gewesen. Sie legte ihre Anweisungen über Einkauf von Lebensmitteln, von Milch und Brot sowie über das Bettenlüften und Feueranmachen schriftlich nieder und schickte Mahnungen über die Zustellung der Morgenzeitungen ab. Die Hausarbeit ließ sie auch im Urlaub nicht los.

An einem schönen Oktoberabend bog er in die Einfahrt ein. Rauch stieg aus den Schornsteinen, die Haustür stand offen, sein gemütliches Heim erwartete ihn. Niemand hastete durch die Wirtschaftsräume und fragte nach möglichen Rohrbrüchen, Schäden, Wassermangel und Schwierigkeiten beim Einkauf der Lebensmittel. Die Aufwartefrau war zu klug, um ihn mit solchen Unannehmlichkeiten zu empfangen. Sie sagte nur: »Guten Abend, Sir. Ich hoffe, Sie haben sich gut erholt. Das Abendessen um die gleiche Zeit wie immer?« Und dann war Ruhe. Er konnte seinen Whisky trinken, sich die Pfeife anzünden und sich ausruhen. Die wenigen Briefe, die angekommen waren, ließ er ungeöffnet liegen. Niemand riß sie fieberhaft auf und begann dann zu telefonieren. Er brauchte sich diese endlosen und langweiligen Gespräche mit Freundinnen nicht anzuhören. »Nun? Wie steht's? Wirklich? Meine Liebe ... und was sagst du dazu ... ach, nein ... am Mittwoch kann ich unmöglich ...« Er dehnte sich behaglich, denn er war von der langen Fahrt recht steif geworden, und schaute aufmerksam und zufrieden im freundlichen, leeren Wohnzimmer umher.

Er war auf der Reise von Dover nach Hause hungrig geworden, und das Kotelett schien ihm nach der fremden Kost sehr mager. Aber das machte nichts, es würde ihm nur wohltun, jetzt wieder einfacher zu leben. Er aß nach dem Kotelett noch eine Sardine auf Toast und sah sich dann nach dem Nachtisch um.

Auf der Anrichte stand eine Schale mit Äpfeln. Er nahm sie herunter und stellte sie auf den Eßzimmertisch. Die Äpfel sahen kümmerlich aus. Sie waren klein und verschrumpft, von einem unerfreulichen Braun. Er biß hinein, aber sobald er den Geschmack auf der Zunge spürte, spie er den Bissen wieder aus. Der Apfel war verfault. Er versuchte einen anderen. Genau das gleiche. Er sah sich die Äpfel näher an: die Schale war lederartig, rauh und hart, so daß man erwarten sollte, die Äpfel seien sauer. Aber weit gefehlt. Sie waren breiig und weich, das Kerngehäuse gelb. Sie hatten einen scheußlichen Geschmack. Ein Stückchen hatte sich zwischen seinen Zähnen festgesetzt, er befreite sich davon. Zäh, schauderhaft... Er klingelte, und die Frau kam aus der Küche.

»Haben wir keinen anderen Nachtisch?« fragte er sie.

»Leider nicht, Sir. Ich wußte, daß Sie gern Äpfel essen, und da brachte Willis diese aus dem Garten. Er sagte, sie seien besonders gut und gerade eßreif.«

»Nun, da hat er sich geirrt, sie sind ungenießbar.«

»Das tut mir leid, Sir. Ich hätte sie nicht hingestellt, wenn ich das gewußt hätte. Draußen sind noch viel mehr.«

»Alle von der gleichen Sorte?«

»Ja, Sir. Die kleinen braunen. Andere sind überhaupt noch nicht da.«

»Nun, es macht nichts, dann läßt es sich nicht ändern. Ich werde morgen früh selbst nachsehen.«

Er erhob sich und ging in das Wohnzimmer, trank ein Glas Portwein, um den schlechten Geschmack loszuwerden; es half nichts, selbst als er noch einen Zwieback aß. Der breiige, verdorbene Nachgeschmack wich nicht von Zunge und Gaumen, und schließlich ging er sogar ins Badezimmer hinauf und putzte sich die Zähne. Er hätte zu gern nach dem Abendessen einen schönen, saftigen Apfel gehabt. Einen Apfel mit glatter, sauberer Schale, innen nicht zu süß, lieber etwas säuerlich. Er kannte die Sorte. Es war eine Lust, hineinzubeißen, nur mußte man sie natürlich im richtigen Augenblick pflücken.

Er träumte in dieser Nacht, er sei wieder in Italien und tanze unter dem Zeltdach auf dem kleinen gepflasterten Platz. Als er erwachte, klang ihm noch das Gedudel der Musik im Ohr, doch er konnte sich nicht mehr an das Gesicht des Bauernmädchens erinnern, noch an die Berührung, wenn sie gegen seine Füße stieß. Er versuchte, sich beim Morgentee vorzustellen, wie alles gewesen war, doch es gelang ihm nicht.

Er stand auf und trat ans Fenster, um nach dem Wetter zu schauen. Es versprach schön zu werden. Leichter Frost lag in der Luft.

Dann sah er den Baum. Es traf ihn wie ein unerwarteter Schlag. Er hatte das unselige Ding vollkommen vergessen, doch nun wurde ihm auf einmal klar, woher die Äpfel gestern abend stammten. Der Baum hing über und über voll von Früchten und brach unter der

Last fast zusammen. Sie drängten sich, klein und braun, an jedem Ast und wurden immer kleiner, je höher sie saßen. An den höchsten Ästen waren sie noch nicht reif und sahen aus wie Nüsse. Der Baum vermochte sie kaum zu tragen; daher sah er so gebeugt und entstellt aus, streiften die unteren Zweige doch fast den Rasen. Im Gras um den Stamm herum lagen noch mehr, sehr viel mehr Äpfel, die der Wind heruntergeschüttelt hatte. Der Boden war übersät damit. Viele waren aufgesprungen; an den fauligen Stellen taten die Wespen sich gütlich. Nie in seinem Leben hatte er einen Baum mit so vielen Früchten gesehen. Es war ein Wunder, daß er unter seiner Last nicht zusammengebrochen war.

Nach dem Frühstück ging er hinaus. Die Neugierde war zu groß. Er starrte den Baum an. Er hatte sich nicht geirrt, es waren die gleichen Äpfel, die er gestern im Eßzimmer probiert hatte. Sie waren kaum größer als Mandarinen, viele sogar noch kleiner, und saßen so dichtgedrängt an den Zweigen, daß, wer einen pflücken wollte, gleich ein Dutzend herunterriß.

Der Anblick war irgendwie ungeheuerlich, ja widerwärtig. Dennoch mußte man den Baum bedauern, dem eine solche Qual auferlegt worden war; denn eine Qual war es, anders konnte man es nicht bezeichnen. Die Früchte marterten den Baum, der unter der Last stöhnte, und zu allem Unglück konnte man nicht einmal einen einzigen dieser Äpfel essen. Sie waren alle durch und durch verfault. Er zertrat das Fallobst mit den Füßen, kein Apfel entging seinem Schicksal. Sie waren sofort ein schleimiger Brei, der an seinen Schuhen klebte, so daß er den Schmutz mit Grasbüscheln abwischen mußte.

Es wäre besser gewesen, der Baum wäre abgestorben, als er noch kahl gewesen war, ehe dies hier geschehen konnte. Was für einen Nutzen brachte ihm oder irgendeinem anderen Menschen diese Ernte verfaulter Früchte, die auf dem Boden herumlagen und den Rasen verdarben? Der Baum aber, niedergezerrt, daß es ihn schmerzen mußte, schien – er hätte es beschwören können – zu triumphieren, sich zu weiden.

Es war wie im Frühjahr, als das Übermaß der

flockigen, farblosen und häßlichen Blüten das widerstrebende Auge immer wieder von den anderen Bäumen fort auf sich gezogen hatte. Genauso war es jetzt. Immer wieder mußte man den Baum mit seiner Fruchtlast anschauen. Er wußte genau, wie es kommen würde. Die Früchte würden noch den ganzen Oktober und November an den Zweigen hängen bleiben, bis zur Ernte, ja, sie würden überhaupt nicht gepflückt werden, weil niemand sie essen konnte. Er sah voraus, wie er sich den ganzen Herbst hindurch über den Baum ärgern würde. Er würde die Terrasse nicht betreten können, ohne den niedergebeugten Baum zu sehen.

Der Abscheu gegen den Baum war immer mehr gewachsen. Er war ihm ein ewiges Mahnmal der Tatsache, daß er... ja, wenn er nur wüßte, an was... ein ewiges Mahnmal der Dinge, die er am heftigsten verabscheut hatte und die er nicht mit Namen zu nennen vermochte. In diesem Augenblick beschloß er, Willis solle die Äpfel pflücken und fortschaffen, verkaufen, irgendwie loswerden, wenn er sie nur nicht zu essen brauchte und wenn er nur nicht Tag für Tag, den ganzen Herbst hindurch, den Baum mit den heruntergebogenen Zweigen vor Augen haben mußte. Er wandte ihm den Rücken zu und war erleichtert, als er sah, daß keiner der anderen Bäume sich dazu erniedrigt hatte, eine solch unsinnige Menge von Früchten zu tragen.

Sie trugen alle recht gut, aber nichts, was aus dem Rahmen fiel. Als hätte er es gewußt, zeigte der junge Baum zur Rechten des alten, was er konnte: er trug eine Anzahl mittelgroßer, rosiger, nicht zu dunkler, sondern nur an der Sonnenseite etwas tiefer geröteter Früchte. Er beschloß, einen Apfel zu pflücken und zum Frühstück zu essen. Er wählte, und der Apfel fiel ihm bei der ersten Berührung in die Hand. Der sah so frisch aus, daß er aus lauter Gaumenlust hineinbiß. Ja, das war ein Apfel! Saftig, süß duftend, herb, noch vom Frühtau überzogen. Er sah den alten Apfelbaum nicht mehr an, sondern ging hungrig zum Frühstück ins Haus.

Der Gärtner brauchte fast eine Woche, um den Baum abzuernten, und er tat es offensichtlich widerstrebend.

»Es ist mir gleich, was Sie mit den Äpfeln machen«, hatte der Hausherr zu ihm gesagt. »Sie können sie verkaufen und das Geld behalten, oder Sie können sie mit nach Hause nehmen und Ihre Schweine damit füttern. Ich kann den Anblick nicht länger ertragen, das ist alles. Nehmen Sie eine lange Leiter, und fangen Sie gleich an.«

Ihm schien, als ob Willis aus reinem Trotz besonders langsam arbeite. Er beobachtete, wie der Gärtner mit langsamen Bewegungen die Leiter aufstellte, dann mühselig hinaufkletterte und wieder herabstieg, um die Leiter fester zu stellen. Danach das Pflücken. Er pflückte jeden Apfel einzeln in den Korb hinein, tagelang war es immer das gleiche. Willis stand mit seiner Leiter dauernd auf dem Rasen unter dem Baum, dessen Zweige ächzten und stöhnten. Neben ihm im Gras standen Körbe, Eimer, Schüsseln und andere Gefäße, um die Äpfel aufzunehmen. Endlich war die Arbeit beendet. Die Leiter wurde wieder fortgetragen, Körbe und Eimer verschwanden, und der Baum war leer.

Abends sah er den Baum an und war befriedigt. Keine verfaulten Früchte beleidigten mehr sein Auge. Kein einziger Apfel war am Baum geblieben. Dennoch sah er – statt von der Last befreit sich zu strecken – womöglich noch krummer aus als zuvor. Er ließ die Zweige hängen, und die Blätter, die den kalten Herbstnächten entgegenwelkten, rollten sich zusammen und zitterten.

Ist dies der Lohn für alles, was ich für dich getan habe? schien der Baum zu fragen. Das Licht schwand, der Schatten des Baumes war wie ein Gifthauch in der dunstigen Nacht. Bald würde der Winter kommen und die kurzen, trüben Tage.

Er hatte den Winter niemals besonders geliebt. Früher, als er noch täglich ins Geschäft nach London gefahren war, hatte der Winter bedeutet, daß er frühmorgens in der Kälte in den Zug steigen mußte. Dann wurde schon vor drei Uhr am Nachmittag von den Angestellten das Licht eingeschaltet. Taten sie es nicht, so machte die neblige Luft alles trüb und traurig. Abends fuhr man im ratternden Bummelzug nach Hause; zu fünft saßen sie, wie er ums tägliche Brot bemüht, im Abteil in einer Reihe, einige davon mit Schnupfen. Es folgte ein langer Abend. Er saß vor dem Kaminfeuer, Midge ihm gegenüber, und er hörte sich ihren Bericht über ihren Tageslauf und all das an, was wieder geschehen war, oder heuchelte jedenfalls Aufmerksamkeit. Hatte sich zufällig einmal nichts Unangenehmes im Haushalt ereignet, so hackte sie auf irgendeinem Tagesereignis herum, um ihm jegliche Stimmung zu verderben.

»Wie ich gelesen habe, werden die Fahrkarten wieder teurer. Wie ist es mit deiner Monatskarte?« Oder: »In Südafrika scheint es nicht rosig auszusehen. In den Sechs-Uhr-Nachrichten haben sie ausführlich davon berichtet.« Oder auch: »Es sind wieder drei Fälle von Kinderlähmung im Krankenhaus eingeliefert worden. Ich weiß nicht, was die Ärzte eigentlich tun...«

Nun war er jedenfalls von der Rolle des Zuhörers erlöst, aber die Erinnerung an diese langen Abende war noch sehr lebendig in ihm. Wenn das Licht angemacht und die Vorhänge niedergelassen wurden, dachte er jedesmal an das Klick-Klack der Stricknadeln, an das inhaltlose Geschwätz und ihr schreckliches Gähnen. Er trank jetzt oft vor oder nach dem Abendessen im »Grünen Mann«, einem Gasthaus, das ungefähr einen halben Kilometer von seinem Haus entfernt an der Hauptstraße lag, ein Glas Whisky. Dort bedrückte ihn keine Erinnerung. Er wünschte der Besitzerin, der freundlichen Mrs. Hill, einen guten Abend, setzte sich mit einer Zigarette und einem Glas Whisky in eine Ecke und beobachtete die Nachbarn, die hereinkamen, um einen halben Liter zu trinken, Dart zu spielen oder zu schwatzen. In gewisser Weise war das eine Fortsetzung seiner Sommerferien. Es erinnerte ihn, wenn auch nur entfernt, an die sorglos freie Atmosphäre in den Cafés und Restaurants. Die helle Bar, an der die Arbeiter hockten, die sich um ihn nicht kümmerten, alles strömte eine Wärme aus, die ihm behagte, ja, ihn glücklich machte. Diese Besuche halfen ihm, die Winterabende zu verkürzen und sie einigermaßen erträglich zu gestalten.

Eine Erkältung, die er sich Mitte Dezember zuzog, setzte diesen Besuchen für länger als eine Woche ein Ende. Er mußte zu Hause bleiben. Merkwürdig, wie sehr er den »Grünen Mann« vermißte und wie sehr es ihn anödete, im Wohn- oder Arbeitszimmer zu sitzen und immer nur zu lesen oder Radio zu hören. Die Erkältung, die Langeweile machten ihn verdrießlich und reizbar, und die noch größere Untätigkeit ließ seine Leber träge werden. Er brauchte ein wenig Körperübung. Was für ein Wetter morgen auch sein mag, beschloß er an diesem Abend, der so kalt und so ungemütlich war wie die vorangegangenen, ich werde morgen spazierengehen. Der Himmel hing den ganzen Nachmittag voll schwerer Wolken, und es drohte zu schneien; aber er konnte nicht noch weitere vierundzwanzig Stunden ununterbrochen zu Hause sitzen.

Den letzten Grund zu dieser schlechten Laune legte die Geleetorte, die es zum Abendessen gab. Er befand sich im Endstadium einer schweren Erkältung, wo man den Geschmack noch nicht vollständig wiedererlangt und keinen rechten Appetit hat, wo man im Magen eine gewisse Leere spürt, die ganz besonderer Dinge bedarf, um ausgefüllt zu werden. Geflügel zum Beispiel hätte ihm ausgezeichnet geschmeckt. Vielleicht ein halbes, köstliches, gebratenes Rebhuhn und hinterher ein Käseauflauf. Doch das war so unerreichbar wie der Mond.

Die Aufwartefrau, die in der Zusammenstellung des Küchenzettels keine besondere Phantasie bewies, servierte Scholle, von allen Fischen ausgerechnet den trockensten und geschmacklosesten. Nachdem sie die Reste fortgetragen hatte – und er hatte das meiste auf der Platte gelassen –, kam sie mit einer Fruchttorte wieder. Da er durchaus noch nicht satt war, nahm er ein großes Stück. Doch ein Bissen genügte. Er würgte und spie den ersten Bissen wieder auf den Teller. Er erhob sich und klingelte.

Die Aufwartefrau erschien und machte bei dem unerwarteten Anblick ein erstauntes Gesicht.

»Was, zum Teufel, ist denn das für ein Zeug?«

»Eine Geleetorte, Sir.«

»Aus was für einem Gelee?«

»Apfelgelee, Sir, selbstgekochtes.«

Er warf die Serviette auf den Tisch.

»Das habe ich mir fast gedacht. Sie haben das Gelee aus den Äpfeln gemacht, über die ich mich vor einigen Wochen beschwert habe. Ich habe Ihnen und Willis ausdrücklich gesagt, ich wollte keinen dieser Äpfel mehr in meinem Hause sehen.«

Das Gesicht der Frau erstarrte.

»Sie sagten, Sir, ich sollte die Äpfel weder kochen noch zum Nachtisch servieren, haben mir aber nicht verboten, Gelee davon zu bereiten. Ich dachte, sie würden als Gelee gut schmecken, und da habe ich von den Äpfeln, die Willis mir gab, einige Gläser eingekocht. Die gnädige Frau und ich haben das früher immer getan.«

»Es tut mir leid, daß Sie soviel Mühe damit gehabt haben, aber ich kann das unmöglich essen. Die Äpfel habe ich schon im Herbst nicht gemocht, und ob sie nun zu Gelee oder sonstwas verarbeitet sind, ich kann sie nun einmal nicht essen. Bringen Sie die Torte fort. Ich will weder von ihr noch vom Gelee jemals etwas wiedersehen. Bitte bringen Sie mir den Kaffee ins Wohnzimmer.«

Er zitterte, als er das Zimmer verließ. Es war

wirklich kaum zu glauben, daß eine solche Kleinigkeit ihn so aufregen konnte. Mein Gott! Was für Narren die Menschen doch waren! Die Frau und Willis wußten genau, daß er die Äpfel nicht mochte, daß er ihren Geschmack und Geruch haßte, doch in ihrer Knauserigkeit hatten sie sich ausgerechnet, daß sie Geld sparen könnten, wenn er selbstgemachtes Gelee bekäme, und hatten die Äpfel verarbeitet, die er so besonders verabscheute. Er goß einen starken Whisky hinunter und zündete sich eine Zigarette an.

Kurz darauf brachte die Aufwartefrau den Kaffee. Sie zog sich nicht sogleich wieder zurück, nachdem sie das Tablett niedergesetzt hatte.

»Dürfte ich Sie wohl einen Augenblick sprechen, Sir?«

»Was ist denn?«

»Ich glaube, es ist das beste, ich kündige.«

Nun zu allem anderen auch das noch! Was für ein Tag, was für ein Abend!

»Aus welchem Grunde – weil ich keine Apfeltorte vertrage?«

»Es ist nicht nur das allein, Sir. Ich finde, es ist

alles anders geworden als früher. Ich habe schon ein paarmal die Absicht gehabt, mit Ihnen zu sprechen.«

»Mache ich Ihnen zuviel Arbeit?«

»Nein, Sir. Nur fühlte ich früher, als die gnädige Frau noch lebte, daß meine Arbeit anerkannt wurde. Nun scheint alles egal zu sein, ob es so oder so gemacht wird. Niemand sagt ein Wort darüber, und obgleich ich mir alle Mühe gebe, weiß ich doch nicht, ob ich es auch recht mache. Ich glaube, ich wäre glücklicher, wenn ich irgendwo arbeitete, wo eine Frau im Hause ist, die meine Arbeit anerkennt.«

»Das können Sie natürlich selbst am besten beurteilen. Es tut mir leid, daß es Ihnen in der letzten Zeit hier nicht mehr gefallen hat.«

»Sie waren in diesem Sommer so lange fort, Sir. Als die gnädige Frau noch lebte, blieben Sie niemals länger als vierzehn Tage. Alles scheint anders geworden zu sein. Weder ich noch Willis wissen recht, woran wir eigentlich sind.«

»Also hat Willis es auch satt?«

»Darüber etwas zu sagen, steht mir natürlich nicht zu. Ich weiß nur, daß er sich über die

Apfelgeschichte geärgert hat, aber das ist ja schon so lange her. Vielleicht spricht er selbst noch mit Ihnen?«

»Möglich. Ich habe nicht geahnt, daß ich Ihnen beiden soviel Ärger bereitet habe. Nun, es ist gut. Gute Nacht.«

Sie verließ das Zimmer. Er schaute gedankenversunken vor sich hin. Gott sei Dank, daß er sie los war, wenn es so mit ihnen stand. Es ist nicht mehr so wie früher! Alles ist verändert! Verdammter Unsinn! Wie dumm von Willis, sich wegen der Äpfel so aufzuregen. Hatte er nicht das Recht, mit seinem eigenen Baum zu tun, was er wollte?

Zum Teufel mit der Erkältung und dem Wetter! Er konnte es nicht mehr aushalten, vor dem Kamin zu sitzen und über Willis und die Köchin nachzudenken. Er wollte zum »Grünen Mann« gehen und dort alles vergessen. Er zog den Mantel an, nahm den Schal um, setzte den alten Hut auf, stapfte hastig die Straße hinunter und saß nach zwanzig Minuten in seiner alten Ecke im »Grünen Mann«. Mrs. Hill goß ihm seinen Whisky ein und freute sich, ihn wiederzusehen. Einer oder zwei der ständigen Gäste lachten ihm zu und fragten ihn, wie es ihm ginge.

»Waren Sie erkältet, Sir? Überall das gleiche. Jeder hat sich was geholt.«

»Ja, so ist es.«

»Kein Wunder in dieser Jahreszeit!«

»Das war nicht anders zu erwarten. Schlimm wird's, wenn man's auf der Brust hat.«

»Nicht schlimmer als ein benommener Kopf.«

»Ja, eins ist so unangenehm wie's andere. Scheußliche Sache!«

Es waren nette Kerle. Freundlich, lagen einem nicht in den Ohren, belästigten keinen Menschen.

»Bitte noch einen Whisky.«

Mrs. Hill strahlte hinter der Theke. Die liebe alte Seele! Durch die Rauchschwaden hindurch lauschte er dem Geschwätz, dem tiefen Lachen, dem Aufprallen der Pfeile, dem lustigen Geschrei, wenn sie ins Schwarze trafen.

»... und wenn es anfängt zu schneien, weiß ich gar nicht, was ich machen soll«, sagte Mrs. Hill. »Die Kohlen werden so spät geliefert. Wenn ich nur Brennholz hätte, dann wäre mir fürs erste geholfen, aber was meinen Sie, was das Holz kostet? Zwei Pfund die Fuhre. Das ist denn doch ...«

Er lehnte sich vor, und seine Stimme klang wie aus weiter Ferne; er selbst empfand es so.

»Sie können von mir Holz bekommen«, sagte er.

Mrs. Hill wandte sich langsam um. Sie hatte nicht mit ihm gesprochen.

»Wie bitte?« sagte sie.

»Sie können von mir Holz bekommen«, wiederholte er. »Ich habe zu Hause einen alten Baum, den wollte ich schon seit Monaten fällen. Gleich morgen werde ich ihn für Sie absägen.« Er nickte lächelnd.

»O nein, Sir. Ich kann nicht verlangen, daß Sie sich meinetwegen soviel Mühe machen. Die Kohle wird schon kommen, keine Angst.«

»Es macht mir durchaus keine Mühe. Es ist mir ein Vergnügen. Es freut mich, Ihnen helfen zu können, und mir selbst wird die Arbeit guttun. Ich werde zu dick. Sie können sich auf mich verlassen.«

Er erhob sich etwas unsicher und griff nach dem Mantel.

»Es ist ein Apfelbaum«, sagte er. »Ist Ihnen das recht?«

»Warum nicht«, antwortete sie. »Ich nehme jedes Holz. Aber brauchen Sie es denn nicht selbst, Sir?«

Er nickte geheimnisvoll. Es war abgemacht, es war ein Geheimnis. »Ich werde es Ihnen morgen im Anhänger hinunterschaffen«, sagte er.

»Seien Sie vorsichtig, Sir«, warnte sie ihn. »Denken Sie an die Stufen.«

Er ging durch die kalte, frostklare Nacht nach Hause und lächelte vor sich hin. Er wußte am nächsten Morgen nicht, wie er sich ausgezogen hatte und ins Bett gekommen war. Sein erster Gedanke war das Versprechen, Mrs. Hill das Holz zu bringen. Es war – wie er befriedigt feststellte – keiner der Tage, an denen Willis in seinem Garten arbeitete. Also brauchte er dessen Einspruch nicht zu fürchten. Der Himmel war wolkenschwer, in der Nacht war Schnee gefallen. Wahrscheinlich würde es noch mehr schneien. Aber jetzt brauchte er sich darum noch nicht zu kümmern. Nichts stand seinem Vorhaben im Wege.

Er ging nach dem Frühstück in das Gerätehaus und nahm Säge, Keile und Axt herunter. Man konnte nicht wissen, was er alles brauchen würde. Er fuhr mit dem Daumen prüfend über die Schneide; sie war scharf.
Als er mit den geschulterten Werkzeugen zurück in den Vordergarten ging, lachte er vor sich hin. So wie er jetzt, mußte in früherer Zeit der Scharfrichter ausgesehen haben, wenn er sich aufmachte, ein armes Opfer im Tower zu köpfen. Er legte die Werkzeuge in der Nähe des Apfelbaumes nieder. Es war ja wirklich nur ein Gnadenakt. Niemals hatte er etwas so Erbärmliches, so unendlich Jammervolles wie diesen Apfelbaum gesehen. Es konnte wirklich kein Leben mehr in ihm sein. Kein Blatt hing mehr in den Zweigen. Verzerrt, häßlich, niedergebeugt! Der hübsche Rasen wurde durch ihn verdorben. Wenn er fort wäre, würde die ganze Gartenanlage viel besser zur Geltung kommen. Eine Schneeflocke fiel ihm auf die Hand. Dann noch eine. Er schaute an der Terrasse vorbei zum Speisezimmerfenster und sah die Aufwartefrau den Tisch decken. Er ging hinunter ins Haus.

»Bitte stellen Sie mir doch das Mittagessen in den Backofen«, sagte er, »ich werde heute selbst für mich sorgen. Ich habe zu tun und möchte nicht an die Mahlzeiten gebunden sein. Außerdem wird es schneien. Es ist also besser, wenn Sie heute früher nach Hause gehen, falls es wirklich schlimm wird. Ich komme sehr gut allein zurecht, wirklich.«

Vielleicht dachte sie, er hätte diesen Entschluß aus Trotz gegen ihre gestrige Kündigung gefaßt. Mochte sie denken, was sie wollte, ihm war es einerlei. Er wollte allein sein. Er wollte nicht vom Fenster aus von jemandem beobachtet werden. Die Aufwartefrau verließ das Haus um halb ein Uhr, und sobald sie fort war, ging er an den Backofen und aß zu Mittag. Er beeilte sich, um den ganzen kurzen Nachmittag zum Baumfällen zur Verfügung zu haben.

Es war kein Schnee mehr gefallen, nur einige Flocken, die aber sofort schmolzen. Er zog den Mantel aus, rollte die Ärmel hoch und ergriff die Säge. Mit der linken Hand entfernte er den Draht, der den Stamm bis zur halben Höhe umgab. Dann setzte er die Säge etwa fünfundzwanzig Zentimeter über dem Boden an und begann zu sägen – vor und zurück, vor und zurück.

Die ersten zwölf Stöße ging alles glatt. Die Säge fraß sich ins Holz, die Zähne faßten gut. Doch dann klemmte sie plötzlich. Das hatte er gefürchtet. Er versuchte die Säge herauszuziehen, doch der Spalt war nicht breit genug, und der Stamm lastete auf dem Sägeblatt. Er trieb den ersten Keil hinein, doch ohne Erfolg. Beim zweiten Keil verbreiterte sich der Spalt zwar etwas, doch war er immer noch nicht groß genug, um die Säge freizugeben. Er zog und zerrte, doch alles war nutzlos. Er begann die Geduld zu verlieren, nahm die Axt und hackte auf den Stamm los. Kleine Holzstücke flogen zur Seite, ins Gras. Das war besser, so mußte man's machen.

Schlag folgte auf Schlag. Die Axt zersplitterte den Stamm und fraß sich in ihn hinein. Zuerst flog die lockere Rinde fort, dann große Späne weißen Holzes. Es war zäh und faserig. Heraushacken! Herausmeißeln! Das zähe Gewebe auseinandersprengen! Er warf die Axt fort und kratzte mit bloßen Händen das schon ver-

moderte weiche Innere des Stammes heraus. Immer noch nicht genug, weiter, weiter. Endlich waren Säge und Keile wieder befreit. Wieder hieb er mit der Axt drauflos, dorthin, wo die zähen Fasern so fest zusammenhielten. Jetzt stöhnt der Baum... jetzt kracht es, er erzittert, wankt, gehalten nur noch von einem schmalen, blutenden Streifen. Ein heftiger Schlag, endlich! Noch ein Schlag, noch einer, ein letzter, jetzt ist es vorbei, er fällt... Er liegt am Boden... Dieser verdammte Baum, vernichtet... Endlich am Boden, die Luft saust, wie er fällt, und alle Zweige sind zersplittert, liegen verstreut auf dem Rasen umher.
Er trat zurück und wischte sich den Schweiß von Stirn und Kinn. Die Trümmer breiteten sich um ihn her, unter ihm aus. Er starrte auf den zerspellten, zerschundenen weißen Stumpf des gefällten Baumes.
Es begann zu schneien.

Nachdem der Apfelbaum gefällt war, schlug er zuerst alle Zweige herunter, soweit er sie mit der Axt vom Stamm trennen konnte. Dann wollte er den Stamm in kleinere Stücke zersägen, um ihn leichter transportieren zu können.

Die gebündelten und durch eine Schnur zusammengehaltenen dünneren Zweige eigneten sich zum Feueranzünden. Mrs. Hill würde sich sicherlich auch darüber freuen. Er fuhr den Wagen und den Anhänger ans Gartentor in die Nähe der Terrasse.

Das Abschlagen der Zweige war einfach, vieles bedurfte nur eines Hiebes. Schwieriger war es schon, die Zweige zu bündeln und sie über den Rasen hinunter auf den offenen Anhänger zu schaffen. Die dickeren Äste befreite er von den kleineren, teilte sie mit der Axt in zwei oder drei Teile, die er gleichfalls bündelte und auf den Anhänger brachte.

Er kämpfte verzweifelt gegen die Zeit. Um halb fünf Uhr mußte das Tageslicht, oder was man so nannte, gänzlich der Dunkelheit gewichen sein. Der Schnee fiel ununterbrochen. Als er einen Augenblick in der Arbeit innehielt, um sich den Schweiß aus dem Gesicht zu wischen, war der Rasen schon ganz vom Schnee bedeckt. Die dünnen Flocken fielen ihm auf die Lippen, schmolzen und rannen ihm sanft und heimtückisch zwischen Kragen und Hals hindurch den Nacken und den Körper herunter. Wenn er versuchte, die Augen zum Himmel zu erheben, so war er geblendet. Die Flocken fielen schneller, fielen dichter und dicker, tanzten ihm um den Kopf, und es war, als ob der Himmel selbst zu einem Schneebaldachin geworden wäre, der sich senkte, näher und immer näher kam und die Erde zu erstikken drohte. Der Schnee fiel auf die Äste und die zerhackten kleineren Zweige und hemmte ihn in der Arbeit. Sobald er auch nur einen Augenblick innehielt, um Luft zu holen und sich zu stärken, legte der Schnee sich als sanfte, weiße Schutzhülle über die Holzbündel. Er konnte keine Handschuhe tragen, weil er dann weder Hacke noch Axt richtig fassen, noch die Schnur um die Holzbündel schlingen konnte. Die Finger waren ihm vor Kälte erstarrt, er konnte sie kaum noch krümmen. Er hatte vom Holzschleppen Leibschmerzen. Die Arbeit schien kein Ende nehmen zu wollen, denn jedesmal, wenn er vom Wagen zurückkehrte, erschien ihm der Holzhaufen genauso groß wie vorher. Hier lagen lange Äste, dort

die kurzen, dort wieder ein Haufen Zweige zum Feueranzünden, den er vergessen hatte und der fast schon zugeschneit war. Alles mußte gebündelt und fortgetragen werden. Es war bereits nach halb fünf Uhr und fast dunkel, da hatte er alles Holz – selbst den in drei Teile zersägten Stamm – über die Terrasse bis zum wartenden Anhänger geschleift.
Er war völlig erschöpft. Nur der Wille, den Baum loszuwerden, gab ihm Kraft, seine Arbeit zu Ende zu führen. Er atmete stoßweise und unter Schmerzen. Der Schnee legte sich ihm auf Mund und Augen, so daß er kaum etwas sehen konnte.
Er nahm ein Seil, schlang es um den schlüpfrigen Stamm und verknotete es gut. Wie hart und störrisch doch das kahle Holz war, wie rauh die Rinde, an der er sich die erstarrten Finger aufriß.
»Jetzt ist es vorbei mit dir«, murmelte er, »aus und vorbei.« Er schwankte, als er den schweren Stamm schulterte und begann, ihn den Rasen hinab bis zur Terrasse und an die Gartenpforte zu schleifen. Er zog ihn hinter sich her, bum… bum… ging es die Terrassen-

stufen hinunter. Schwer und leblos zeichneten die letzten kahlen Zweige des Apfelbaumes ihre Spur in den feuchten Schnee.
Es war vollbracht. Die Arbeit war getan. Er stützte sich auf den Anhänger. Jetzt brauchte er die ganze Ladung nur noch zum »Grünen Mann« zu bringen, ehe der Schnee das Fahren unmöglich machte. Ihm fielen die Schneeketten ein, und er beschloß, sie für alle Fälle mitzunehmen, ging ins Haus, um die Kleider zu wechseln, die an ihm klebten, und einen Whisky zu trinken. Er dachte weder daran, Feuer zu machen noch die Vorhänge vorzuziehen oder sich zu vergewissern, was er zum Abendbrot vorfinden würde – alles Arbeiten, die die Aufwartefrau sonst verrichtete. Das kam später. Zuerst mußte er einen Whisky trinken und das Holz fortschaffen.
Sein Kopf war dumpf und müde wie seine Hände und sein ganzer Körper. Einen Augenblick dachte er daran, die Arbeit liegen zu lassen und das Holz morgen zum »Grünen Mann« zu fahren. Nein, das ging nicht. Morgen würde der Schnee noch höher liegen und die ganze Straße zugeschneit sein. Alle Anzei-

chen sprachen dafür. Außerdem konnte er Anhänger und Holz bei diesem Schneetreiben nicht draußen stehen lassen. Er mußte sich aufraffen und die Arbeit noch heute abend beenden.

Er trank das Glas leer, zog sich um und ging, den Motor anzulassen. Es schneite noch immer, aber zugleich mit dem Einsetzen der Dunkelheit war die Luft klarer und kälter geworden. Es begann zu frieren. Die hin und her tanzenden Flocken kamen jetzt langsamer, bedächtiger. Der Motor lief an, und er begann, mit dem Anhänger im Schlepp, den Berg hinaufzufahren. Wegen der schweren Ladung fuhr er langsam und sehr vorsichtig, und da er völlig erschöpft war, bedeutete es für ihn eine qualvolle Anstrengung, durch den fallenden Schnee zu starren und dauernd die Scheibe zu wischen. Niemals hatten die Fenster des »Grünen Manns« freundlicher geblickt als in dem Augenblick, da er in den kleinen Hof einbog. Er blinzelte, als er in der Tür stand, lächelte vor sich hin und sagte: »Ich habe Ihnen das Holz gebracht.«

Mrs. Hill stand hinter der Bar und starrte ihn

an. Einige Gäste drehten sich zu ihm um, die Dartspieler hielten einen Augenblick im Spiel inne.

»Sie können doch un…« begann Mrs. Hill, doch er wies mit dem Kopf auf die Tür und lachte sie an.

»Gehen Sie und sehen Sie selbst«, sagte er. »Aber verlangen Sie bitte nicht, daß ich den Wagen noch heute abend ablade.« Er setzte sich in seine Ecke und kicherte vor sich hin, während sich alle an die Tür drängten, durcheinandersprachen und erstaunte Ausrufe laut wurden. Er war fast ein Held, alles scharte sich um ihn und fragte ihn aus, während Mrs. Hill ihm einen Whisky einschenkte und unter Lachen und Kopfschütteln sagte: »Heute sind Sie mein Gast.«

»Nein, das kommt gar nicht in Frage«, sagte er. »Alle Anwesenden sind heute meine Gäste. Kommt, Leute!«

Er war festlich gestimmt, er war glücklich, lustig und durchwärmt und wünschte allen Glück, immer wieder, wünschte Mrs. Hill Glück, sich selbst und der ganzen Welt. Wann war Weihnachten? In der nächsten Woche, in der übernächsten? Nun... trinken wir darauf, und eine fröhliche Weihnacht dazu. Was kümmerte ihn der Schnee, was das Wetter? Zum erstenmal war er einer der ihren, gehörte zu ihnen, saß nicht allein in einer Ecke. Zum erstenmal trank und lachte, ja, warf er sogar Pfeile mit ihnen. Er spürte, daß sie ihn gern hatten, daß er zu ihnen gehörte, nicht mehr der »Herr« vom Haus an der Hauptstraße war. Die Zeit verging wie im Flug. Einige gingen nach Hause, andere nahmen ihren Platz ein, und er saß noch immer dort, leicht umnebelt, in behaglicher Stimmung. Wärme und Rauch hüllten ihn ein. Nichts von alldem, was er sah oder hörte, hatte sehr viel Sinn. Wenn schon! Die lustige, dicke Mrs. Hill, die nichts schwernahm, blinzelte hinter der Bar zu ihm hinüber und umsorgte ihn. Noch ein Gesicht fiel ihm auf, das eines Arbeiters vom Hof, mit dem er während des Krieges zusammen den Traktor gefahren hatte. Er beugte sich zu ihm vor und fragte: »Was ist eigentlich aus dem Mädchen geworden?«

Der Mann setzte sein Glas ab. »Was für ein Mädchen, Sir?«

»Sie erinnern sich doch sicher noch. Das Mädchen, das die Kühe melkte und die Schweine auf dem Hof fütterte. Hübsches Ding, dunkles, lockiges Haar, sie lachte immer.« Mrs. Hill hatte gerade einen anderen Gast bedient und drehte sich um.

»Meint der Herr vielleicht May?« fragte sie.

»Ja, das ist sie, so hieß sie, die kleine May«, sagte er.

»Nanu, haben Sie denn das nicht gehört«, sagte Mrs. Hill, während sie ihm ein Glas eingoß. »Wir waren damals alle ganz erschüttert. Es sprach doch jeder davon, nicht wahr, Fred?«

»Ja, Sie haben recht, Mrs. Hill.«

Der Mann wischte sich mit dem Handrücken über den Mund. »Sie ist tot«, sagte er, »vom Motorrad eines Burschen geschleudert. Kurz vor der Hochzeit. Sind jetzt wohl schon vier Jahre her. Schrecklich, nicht? Armes Ding!«

»Wir haben einen Kranz geschickt. Ihre Mutter schrieb ganz bewegt zurück und schickte einen Zeitungsausschnitt, nicht wahr, Fred? Es war ein sehr großes Begräbnis, sie hat viele Blumen bekommen. Arme May. Wir hatten sie alle so gern.«

»Ja, das stimmt«, sagte Fred.
»Und Sie haben wirklich nie etwas davon gehört, Sir?« fragte Mrs. Hill.
»Nein«, sagte er, »nein, niemand hat es mir erzählt. Es tut mir schrecklich leid.«
Er starrte vor sich hin auf sein halb geleertes Glas. Um ihn herum unterhielten sie sich, aber er gehörte nicht mehr zu ihnen. Er war wieder allein, saß still in seiner Ecke. Tot! Das arme hübsche Mädchen war also tot. Vom Motorrad geschleudert. Schon seit drei oder vier Jahren tot. Irgendein unvorsichtiger, tollkühner Kerl, der die Kurven zu scharf nahm, das Mädchen hinter sich; vielleicht hielt es sich an seinem Gürtel fest, lachte ihm fröhlich ins Ohr, und dann... aus, vorbei. Keine lockigen Haare mehr, die ihr ums Gesicht flatterten, kein fröhliches Lachen. May also hatte sie geheißen, ja, jetzt erinnerte er sich wieder. Er sah, wie sie über die Schulter hinweg lachte, als jemand sie rief.
»Ich komme«, hörte er ihre singende Stimme. Sie setzte den klappernden Eimer auf dem Hof ab und ging pfeifend in ihren schweren Stiefeln fort.

Er hatte sie in den Arm genommen und geküßt, einen kurzen, vergänglichen Augenblick. May, das Mädchen mit den lachenden Augen!

»Gehen Sie schon, Sir?« fragte Mrs. Hill.

»Ja, ja, ich denke, es wird Zeit.«

Er schwankte auf den Eingang zu und öffnete die Tür. Draußen hatte es inzwischen stark gefroren, aber es schneite nicht mehr. Die schwere Wolkendecke war verschwunden, und die Sterne funkelten.

»Soll Ihnen jemand mit dem Wagen helfen, Sir?« fragte jemand.

»Nein, vielen Dank«, sagte er. »Ich werde schon allein fertig.«

Er koppelte den Anhänger ab und ließ ihn fallen. Ein Teil des Holzes rutschte vor. Er würde es morgen abladen. Morgen, wenn ihm danach war, würde er kommen und helfen, das Holz abzuladen. Heute abend nicht mehr. Er hatte genug getan. Jetzt war er müde, erledigt.

Es dauerte einige Zeit, bis der Motor ansprang, und noch ehe er die Hälfte des Weges zurückgelegt hatte, wurde ihm klar, daß er einen Fehler begangen hatte, überhaupt mit dem Auto zu fahren. Überall lag dicker Schnee, und die Spur, die er am Abend hinterlassen hatte, war schon wieder zugeschneit. Der Wagen schwankte und rutschte. Plötzlich versank das rechte Rad, und das ganze Auto legte sich auf die Seite. Er war in einen Graben geraten.

Er kletterte aus dem Wagen heraus und schaute sich um. Der Wagen lag tief im Graben, es war unmöglich, ihn ohne Hilfe von mindestens zwei oder drei Mann herauszuholen. Und selbst wenn er sofort ging, um Hilfe zu holen, war es noch fraglich, ob er wirklich im Schnee weiterfahren könnte. Das beste war, er ließ den Wagen liegen. Morgen früh, wenn er ausgeschlafen und frisch war, würde er es wieder versuchen. Es hatte keinen Zweck, umherzulaufen und die halbe Nacht den Wagen ohne Erfolg vorwärtszuschieben und zu ziehen. Es war nicht gefährlich, ihn auf dem Nebenweg stehen zu lassen. In der Nacht würde hier niemand fahren.

Er begann auf sein Haus zuzugehen. Es war Pech, daß er in die Schneewehen geraten war.

In der Straßenmitte lag der Schnee gar nicht so hoch. Er reichte ihm nicht einmal bis an die Knöchel. Er vergrub die Hände tief in den Manteltaschen und arbeitete sich den Berg hinauf. Die Landschaft breitete sich wie eine weite, weiße Einöde um ihn aus.

Er erinnerte sich, daß er die Aufwartefrau schon mittags fortgeschickt hatte; also würde es zu Hause trostlos und kalt sein. Das Feuer im Kamin war sicher erloschen, wahrscheinlich sogar die Zentralheizung. Die Vorhänge waren nicht vorgezogen, und die Fenster würden ihn öde anstarren und die Nacht hereinlassen. Das Abendessen mußte er sich aus dem Kopf schlagen. Nun, es war ja seine eigene Schuld, er konnte niemandem einen Vorwurf machen. Ja, jetzt müßte jemand zu Hause auf ihn warten, eine junge Frau aus dem Wohnzimmer in die Halle kommen, ihm die Tür öffnen und die Halle in flutendes Licht tauchen.

»Ist dir auch nichts zugestoßen, Liebster? Ich habe mich so um dich geängstigt.«

Er blieb stehen, um Luft zu holen. Er stand auf der Höhe des Hügels und sah sein von

Bäumen umstandenes Haus am Ende des kurzen Weges liegen. Es sah dunkel und gar nicht einladend aus. Keines der Fenster war erleuchtet. Da war es im Freien unter den funkelnden Sternen auf dem verharschten Schnee schon schöner als in dem düsteren Hause.

Er hatte die Gartenpforte offengelassen, schloß sie jetzt hinter sich und ging auf die Terrasse zu. Tiefe Stille lag über dem Garten. Kein Laut war zu hören. Es war, als habe ein Geist den Ort verzaubert und alles weiß und still zurückgelassen.

Er ging vorsichtig über den Schnee auf die Apfelbäume zu.

Jetzt stand der junge allein über den Stufen und wurde nicht mehr von dem anderen behindert. Wie er so mit seinen ausgebreiteten, weiß glitzernden Zweigen dastand, schien er aus dem Traumland zu sein, aus der Welt der Phantasie und der Geister. Er spürte den Wunsch, neben dem kleinen Baum zu stehen und sich zu vergewissern, daß er auch tatsächlich noch lebte, daß der Schnee ihm nicht geschadet und daß er im Frühjahr wieder blühen würde.

Er konnte ihn fast greifen, da stolperte er und fiel zu Boden. Er hatte sich mit dem Fuß in einem im Schnee versteckten Hindernis verfangen.
Er versuchte, den Fuß zu bewegen, doch der hatte sich festgeklemmt, und plötzlich, unter heftigen Schmerzen, wußte er, daß es der zerspellte, gespaltene Stumpf des alten, gefällten Apfelbaums war, der ihn festhielt.
Er beugte sich vor, stützte sich auf die Ellenbogen und versuchte sich auf dem Boden vorwärtszuziehen, doch er war unglücklich gefallen, den Fuß nach hinten gedreht, so daß er bei jedem Versuch, sich zu befreien, nur noch tiefer in die Falle geriet, den Fuß noch fester einklemmte. Er suchte unter dem Schnee nach dem Boden, doch überall stieß er auf kleine Zweige des Apfelbaums, die abgebrochen waren, als der Baum fiel, und die jetzt der Schnee bedeckte. Er rief um Hilfe, wußte jedoch in der Tiefe seines Herzens, daß niemand ihn hören konnte.
»Laß mich los, laß mich los«, rief er, als ob es in der Macht des Baumstumpfs läge, ihn freizugeben. Tränen der Angst und Verzweiflung

rannen ihm über die Wangen. Er würde also in den Fängen des alten Apfelbaums die ganze Nacht liegenbleiben müssen. Es bestand keine Hoffnung, befreit zu werden. Erst am Morgen würden sie ihn finden. Wie, wenn es dann zu spät, wenn er schon tot wäre und steif auf dem gefrorenen Schnee läge?

Noch einmal versuchte er, unter Verwünschungen und Tränen, sich zu befreien. Es hatte keinen Zweck. Er konnte sich nicht bewegen. Erschöpft legte er den Kopf auf die Arme und weinte. Er sank tiefer, immer tiefer in den Schnee ein, und als seine Lippen auf einen kalten und feuchten Zweig trafen, da war es wie die Berührung einer zögernden, schüchternen Hand, die sich im Dunkel nach ihm ausstreckte.